눈
길

김근당 제2소설집

눈길

초판 1쇄 인쇄일 2022년 03월 16일
초판 1쇄 발행일 2022년 03월 25일

지은이 김근당
펴낸이 양옥매
디자인 표지혜
교　정 조준경

펴낸곳 도서출판 책과나무
출판등록 제2012-000376
주소 서울특별시 마포구 방울내로 79 이노빌딩 302호
대표전화 02.372.1537　**팩스** 02.372.1538
이메일 booknamu2007@naver.com
홈페이지 www.booknamu.com
ISBN 979-11-6752-133-0 (03810)

• 김근당 제2소설집 •

눈길

김근당 지음

책과나무

작가의 말

소설은 우리들 삶의 이야기다. 나는 그런 생각에 사람들의 살아온 이야기들을 수집해 소설로 만들어 내고 있다. 다난하고 정겨운 삶들, 나는 그들이 살아온 이야기들에 삶의 의미를 찾기도 했다. 그러므로 나는 소설을 쓰고 싶었고, 내가 만나고 들었던 이야기와 그것에서 유추하고 내 상상을 더하여 소설을 써 왔다. 이번에 그 이야기들을 묶어 두 번째 소설집을 내려고 한다.

프로이트의 심리학에서 인간에게는 이드와 자아, 초자가 있다고 했다. 이드는 상상이나 환상·꿈을 통해서 원하는 바를 충족시킬 수 있는 마술적 힘을 가지고 있고, 자아는 현실 원리의 지배를 받는 인지·기억·사고·분별·행동 등의 심리적 과정이며, 초자아는 현실보다는 이상 세계를 대표하는 문화적 전통의 계승을 통한 사회적 가치관과 도덕률의 표상이라고 했다. 이드와 자아,

초자아 사이에는 뚜렷한 경계선이 없다고도 했다.

　나는 그곳에서 인간의 학습 능력으로 찾아낼 수 없는 진실을 유추해 낼 수 있다고 생각했다. 「달빛 재판」과 「땡볕」은 그런 관점으로 쓴 소설이다. 소설 「달빛 재판」은 한 여성 판사가 달빛과 교감하여 사건의 실체를 찾아 나가는 이야기이고, 소설 「땡볕」은 한 남자가 땡볕과 교감하여 아버지를 살해한 범인에게 복수하고 땡볕의 세상으로 들어가는 이야기이다.

　우리들이 살아가는 사회와 사람들의 내면에는 다양한 일들과 생각들이 충돌하고 있다. 부모에게서 받은 사랑의 질량, 의식과 감정의 폭이 다른, 즉 삶의 역사가 다르기 때문이다. 그러므로 소설 「부활을 선물하다」에서처럼 화려한 욕망과 순진한 사랑이 충돌하기도 하고, 소설 「그들의 논쟁」에서처럼 각자의 삶을 살아온 친구들이 만나 격하게 말싸움을 벌이기도 한다. 과거에서 유추해 낸 현실, 그리고 미래를 위한 치열한 공방이다.

　인간의 의식은 신의 세계에까지 닿을 수 있으리라 생각한다. 사회가 진화하고 세대가 바뀌는 미래로 갈수록 더욱 그러리라. 그래서 만들어 낸 것이 「실종」이라는 소설이고 「영산 가는 길」이라는 소설이다. 소설의 주인공들은 잃어버린 나를 찾아 환상의 세상을 헤맨다.

　「실종」에서는 아버지를 모른 채 무당인 어머니에게서 태어난 주인공이 잃어버린 나를 찾아 헤매고 있다. 내가 누구인지 모른다. 정체성이 정립되어 있지 않기 때문이다. 어려서 나비를 쫓아가다 부모를 잃은 아내 사이에서 태어난 딸은 똑똑하고 당차다. 그는 그런 딸에게서 자신의 정체성을 찾으려 하고, 딸은 나비의 인도를 받아 엄마를 치어 죽이고 달아난 승용차를 찾아간다.

소설「영산 가는 길」은 미래의 세상을 그리고 있다. 그러리라고 예측되는 세상, 과학과 기계문명이 발달하고 정보통신과 인공지능이 일상을 지배하는 세상에서 사람들은 어떤 모습으로 살아갈까. 주인공은 자연과 더불어 살아가는 세상에서 사회 문명이 극도로 발전한 세상으로 온 청년이다. 모든 의사 전달 및 결정이 제도화된 정보통신에 의해 이루어지고 자동화된 생활 편의시설이 사람 사이의 소통을 배제하는 세상, 감정은 해가 되고 지성만이 유용한 세상, 인간의 영혼까지 수술로 교체할 수 있는 세상에서 그는 인간적인 정이 그리워 고향인 영산을 찾아가려 하지만 영산은 사라져 없고 결국은 정신병원의 남자 간호사에게 붙들려 들어가 뇌수술을 받고 그 도시의 일원이 된다.

소설집 제목이기도 하고 맨 마지막으로 배치한「눈길」은 인간성을 탐구하고 싶어 쓴 소설이다. 개인은 자신에게 주어진 환경속에서 살아간다. 그 속에서 사랑과 정이 싹트고 욕망과 갈등이 생겨나기도 한다. 그 결과 행복의 질량이 달라지고 미래 세대의 운명이 결정된다. 그만큼 사람이 살아가는 길은 소설 속의 그들이 걸어가는 길에 덮인 눈의 깊이만큼 묻혀 있다는 것을 말해 주고 싶었다.

어려운 환경과 고통 속에서도 인간에게는 삶에 대한 욕망이 있다. 그 욕망은 어려움이 많을수록 고통이 크면 클수록 더욱 간절하다. 역설적으로 그것이 아름다움에 대한 동경(憧憬)으로 잠재하고 있는지도 모른다. 소설집 첫머리에 실려 있는「나를 찾아가다」는 자신도 모르게 가슴에 자리 잡고 있는(지난至難한 삶을 살아온 부모에게서 이어받았을지도 모르는) 아름다움을 쫓아가는 한 젊은이의 이야기다. 그는 중학생 때 같은 학년의 한 여학생에게 마음을 빼앗기고 그로 인해 정학을 당하지만, 그것은 여학생이 예뻐서가 아니라는 것을 알게 된다. 다만 아름다움에 대한 자신도 모르는 소망이었고 그 아름다움을 찾아 산속을 헤매다 드디어 자기 자신을 발견하는 이야기다.

그렇게 소설은 인간의 탐색이고 그들이 살아가는 이야기라고 생각한다. 앞으로 세상이 변하면서 인간성이 어떻게 변할지 모른다. 그러나 나는 인간 본연의 정과 감성과 이성이 어우러지는 세상의 이야기들을 쓰고 싶다. 소설「푸른 사과」처럼 인간의 내면 깊이 잠재해 있는 인성을 찾아가며, 나는 소설을 써 왔고 앞으로도 쓸 것이다.

목차

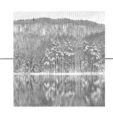

나를 찾아가다

●
●
●

　나는 바라보고 있던 산에서 얼굴을 돌린다. 먹다 남은 커피가 식어 가고 있다. 나는 남은 커피를 마신다. 커피는 내가 살아온 삶만큼이나 쓰고도 달콤하다. 나는 내일 프랑스로 떠나야 한다. 프랑스 자유대학에서 2년간 현대미학을 강의해야 하기 때문이다. 하지만 칸트의 선험적 미학에 대해서도 연구할 참이다. 칸트는 감성적 현상으로서의 미의식을 선험주의의 입장에서 보았다.

　그래서일까? 나는 내 처지로 생각지도 못했던 미학과에 진학했고 8년의 고생 끝에 대학과 대학원을 거쳐 40대 중반에 교수가 되었다. 나를 찾아 헤매던 날들이었다. 나는 지금 가슴속에 저장되어 있는 그 시간 속에 앉아 있다. 그때 헤매던 산을 바라보면서.

　어스름 새벽이었다. 나는 나무숲 위에 숨어 있는 것을 보고 깜짝 놀랐다. 둥글고 하얀 것이 달 같기도 했다. 서쪽으로 넘어가다 나뭇가지에 걸린 달? 하지만 나는 달이 이만큼 가까이 있는 것을 본 적이 없었다. 나는 발을 멈추고 한참을 보았다. 저만치 나무숲 위에 숨어 있는, 유난히 하얀 것이 참으로 이상했다. 마법에 걸린 달! 나는 터무니없는 상상을 했다. 내 가슴속에 나도 모르게 숨어 있어 나를 여기까지 오게 했던 것이 있기 때문이었다. 나를 망가지게 하고 또 망가진 나를 포기하지 못하게 했던 것이었다.

내 생이 꽃처럼 피어나던 중학교 때의 일이었다. 한겨울에 엉뚱하게 피어난 꽃이 추위에 구겨져 떨어지는 것처럼 생각지도 못했던 내 감정으로 무사히 졸업해야 할 중학교 3학년 말에 정학을 당하고 말았다. 왜 그랬는지 나도 모를 일이었다. 나는 어두운 나무숲 위에 순백의 모습을 숨기고 있는 것이 그때 내 안에 숨어 있던 나 같아 가슴이 쿵쾅거렸다.

나는 무작정 산을 가로질러 올라갔다. 하얀 물체를 확인하지 않고는 배길 수 없을 것 같았다. 길도 없는 산비탈이었다. 이리저리 얽힌 나뭇가지들 때문에 앞으로 나가기 힘들었다. 발밑에 쌓인 낙엽에 미끄러지기도 했다. 나는 나무둥치들을 끌어안고 돌며 앞으로 나갔다. 들어갈수록 무성한 숲이 앞을 가려 하얀 물체가 보이지 않았다. 그러나 그것은 내 안에 있는 그것처럼 거기에 있을 것이었다. 나는 그것을 찾기 위해 나를 가로막는 역경을 헤치며 지금까지 살아왔다.

산은 곁에서 보는 것과 달랐다. 비탈은 가파르고 산봉우리는 높게 보였다. 키 높은 상수리나무와 오리나무, 아카시아나무 그리고 소나무들이 빽빽했다. 나무숲 위로 보이는 하늘색이 점점 파래지지만 숲속은 어두웠다. 나는 두려움을 느끼기 시작했다. 집을 뛰쳐나와 서울역에 처음 내렸을 때처럼. 여기저기 피어 있는 진달래와 개나리꽃도 분홍색인지 노란색인지 분간이 가지 않았다. 나뭇가지마다 돋아난 잎들이 내뿜는 상큼한 공기가 나에게 힘을 줄 뿐이었다.

4월 말의 새벽이었다. 누나 집을 빠져나와 아파트 주변을 배회하던 나는 어둠이 가시어 가는 산길로 무작정 들어섰다. 일주일 동안 무심히 바라보던 산이었다. 누나와 매형이 일터로 나가 아파트 거실에서 바라보는 산은 연초록과 진초록으로 물들어 가고 있었다.

집을 나온 지 2년 가까이 지났을 때, 시골 친구에게서 누나가 결혼했다는 이야기를 들었다. 시골집이 궁금해서 몰래 해 본 전화였다. 친구에게서 누나가 서울 어디어디에 산다는 말을 들었지만 한 번도 찾아오지 못했었다. 아무도 몰래 가출했기 때문이었다.

누나는 초라한 몰골로 들어서는 나를 보고 깜짝 놀랐다. 죽은 줄 알고 있었다고, 어쩌면 그토록 모질게 연락도 끊었느냐고, 어머니 아버지가 너를 얼마나 애타게 기다리고 있는지 아느냐고, 나쁜 놈이라고, 나를 붙잡고 울었다. 나는 확실하게 자리 잡고 학교도 다니면 연락하려고 했었다. 그러나 서울 천지에 누나 집 밖에 숨어들 곳이 없었다.

새벽에 꾼 꿈이 이상했다. 나무 몽둥이에 머리를 맞고 엎어진 사장이 멀쩡하게 살아 있었다. 그뿐만이 아니었다. 선이도 화사한 얼굴로 나타났다. 목련꽃같이 예쁘던 얼굴이었다. 그날, 밤나무 동산을 넘어오던 때와 같이 환하게 웃으며 사장과 어딘가로 사라지는 선이. 사장과 선이는 서로 어울릴 사이가 아니었다. 그런데 꿈은 참으로 이상했다. 사장과 선이가 다정하게 웃으며 걸어갔다.

나는 깜짝 놀라 잠에서 깨어났다. 새벽이었다. 안방에서 누나와 매형의 다투는 소리가 들렸다. 나 때문인 것 같았다. 두 사람의 목소리가 점점 커져 갔다.

"깨우라니까. 젊은 놈이 빈둥빈둥 논 게 벌써 며칠째야?"

"놔둬요. 걔도 어디가 아픈지 꼴이 말이 아니잖아요."

"뭘 하다 왔다던데?"

"고생고생 돈 벌어 이제 공부할 거래요."

"어디서 사고 치고 온 것 아냐?"

"그런 말 말아요. 걔가 어디 그렇게 보여요? 중학교 때만 해도 장학금으로 학교를 다녔던 아이예요. 당신도 알잖아요."

"내 눈은 못 속이지. 사고 친 게 분명해. 어쨌든 공사판에 나가 등록금이라도 벌어야지. 누나 집 밥만 축내고 있을 거야!"

나는 매형의 말에 가슴이 뜨끔했다. 나를 좋게 보아주지 않던 매형이었다. 나도 말끔한 외모와 뺀질뺀질한 성격에 잘난 체하는 매형이 역겨웠다. 누나는 그런 사람이 뭐가 좋았는지 몰랐다. 읍내에 나가 건달 노릇이나 하던 그가 누나에게 아이를 가지게 하고 다른 여자와 살림을 차렸다는 소문이 나돌았을 때 집에서는 야단법석이 났었다. 어머니는 누나를 데리고 읍내에 나가 아이를 지웠고, 아버지는 그놈의 따귀를 때리며 마을에 얼씬도 하지 말라고 소리쳤다. 그런데 어떻게 누나와 결혼을 했고 또 서울로 올라와 건설 현장에서 일하고 있는지 모를 일이었다. 사람이 늦게 철이 드는 걸까?

내가 누나 집에 왔을 때 매형은 공자라도 되는 것처럼 나에게 훈계했다. 공부보다도 사람이 되는 것이 중요하다고, 공부 잘하는 사람보다 인간 됨됨이가 되어 있는 사람이 성공하는 법이라고, 그러니 시골에 내려가 아버지를 도우며 인생 공부나 하라고. 나는 주섬주섬 옷을 챙겨 입고 소리 나지 않게 현관문을 열고 나왔다. 누나 집도 더 이상 있을 곳이 못 되는 것 같았다.

사람은 참으로 모를 존재인 것 같다. 매형과 누나도 그렇지만 생각해 보면 나 또한 그랬다. 공부밖에는 아무것도 모르던 내 작고 빈약한 가슴에 어떻게 얼토당토않은 감정이 들어 있었는지, 그로 인해 내가 생각지도 못했던 일을 저질렀는지, 나도 모를 일이었다. 사랑이 무엇인지도 몰랐다. 그런데 선이를 처음 보는 순간 내 가슴속에서 알 수 없는 감정이 솟아올랐다. 나도 모르는 어쩔 수 없는 감정이었다. 밤나무동산을 넘어오던 선이의 모습이 선녀처럼 보였고 부엌문 뒤에서 나를 훔쳐보던 까만 눈동자가 내 가슴을 후벼 파 놓았기 때문이었다.

나는 크고 작은 나무들이 얽혀 있는 산을 어떻게 헤쳐 나가야 좋을지 몰랐다. 중학교 3학년 때까지 넓은 벌판만 바라보며 살아온 나는 산에 대해 몰랐다. 산길이 어떻게 생겼는지, 나무의 뿌리가 왜 구렁이 몸통처럼 드러나 있는 것인지, 큰 나무들 사이에 바위와 작은 나무들이 이렇게 많은 것인지. 허리까지 차는 이름도 모를 잡목들의 억센 가지들이 앞을 가로막았다. 선이에게 가고 싶던 내 마음을 막아서던 온갖 장애물들처럼. 선명하게 보이던 하얀 물체도 어디쯤에 있는지 몰랐다. 마술을 부린 듯 거리도 짐작할 수가 없었다.

내가 집에서 도망 나와 서울에 왔을 때도 그랬다. 손에 잡힐 것 같던 것은 어디쯤에 있는지 짐작조차 할 수 없고, 가슴을 압도하는 높은 빌딩들과 정신을 차릴 수 없도록 달리는 자동차들이 앞을 가로막았다. 12월의 서울은 추웠다. 나는 어디로 가야 좋을지 몰랐다. 아버지에게 지게작대기로 얻어맞고 방황하다 편지를 남기고 온 서울이었다.

"장차 법관이 될 놈이 학교에서 깡패 짓을 하다가 퇴학 맞아! 중학교도 졸업하지 못한 머저리 같은 놈! 나가서 빌어먹든지 벌어먹든지 네 맘대로 해라."

논농사 다섯 마지기에 공사장 잡일까지 해야 겨우 먹고살 수 있는 아버지는 바보 온달이었다. 동네 사람들이 그렇게 불렀다. 우직하고 힘이 세다는 말인 것 같았다. 나는 아버지의 매를 받아 내면서도 울지 않았다. 내 자신이 한심했기 때문이었다. 내 자신도 나를 죽이고 싶도록 미웠다. 내가 왜 그랬는지 나도 모를 내가.

중학교를 졸업하고 고등학교에 갈 마지막 두세 달이었다. 교실은 어수선했다. 벌써부터 졸업 분위기가 돌고 있는 것 같았다. 친구들은 어느 고등학교에 갈지를 탐색하고 있었다. 서울과 대도시에 있는 과학고나 외고에 목표를 둔 학생들은 죽어라 공부를 하고 있었고 읍내 고등학교에 갈 학생들은 졸업 분위기에 들떠 웅성댔다. 나는 그런 학급 분위기가 어색했다. 다른 학교에서 전학 온 학생처럼 얼떨떨했고 어떻게 해야 좋을지 몰랐다. 시험에도 반에서 3등 전체에서 7등으로 처졌다. 선이 때문이었다. 아니, 내 속에 있는 나도 모르는 나 때문인지도 몰랐다.

나는 당장 등록금 낼 걱정이 앞섰다. 장학생에서 밀려났으므로 하반기 등록금은 내야 했다. 등록금을 모르던 아버지가 돈을 마련해 줄지 의문이었다. 고등학교 진학도 문제였다. 친구들은 벌써 진학할 학교를 정하고 그에 따라 공부하고 있는데 나는 어떻게 해야 좋을지 몰랐다. 나도 서울의 이름 있는 고등학교에 가고 싶었지만 불가능했다. 읍내 고등학교에 장학생으로 가는 것이 최선이었다. 나는 모든 것을 제쳐 두고 공부에 매달려야 했다. 하루에 3, 4시간 자는 것과 밥 먹는 시간을 빼고는 책과 씨름해야 했다. 그러나 내 마음을 쥐고 흔드는 내가 있어 공부가 잘 되지 않았다.

그렇게 11월이 가고 12월이 되었다. 나를 파멸시킨 사건이 터진 것은 그 12월이었다. 아이들은 완전히 졸업 분위기에 들떠 있었고 여학생 반과 남학생 반 사이의 거리가 갑자기 가까워졌다. 소문도 무성하게 나돌았다. 남학생의 누구와 여학생의 누군가 서로 좋아하고, 여학생의 누구와 남학생의 누군가 북경반점에서 만나고, 심지어는 남학생의 누구와 여학생의 누군가 함께 밤을 새웠다는 말도 나돌았다. 그 틈에 내 가슴에 불을 지르는 소문도 있었다. 선이가 새로 부임한 영어 선생님과 그렇고 그런 사이라는 소문이었다. 사범대학을 졸업할 무렵 교생실습으로 잠시 왔었던 선생이었다. 나는 공부에 열중하느라 그랬는지 까맣게 모르고 있었다.

토요일 오후였다. 오전 수업을 마친 학생들이 집으로 돌아간 후 나는 학생회장으로 할 일이 있어서 교실에 남아 있었다. 1, 2, 3반의 남학생 반장 그리고 학생회 간부들과 함께였다. 선생님의 지시에 따라 어수선해진 교실 분위기를 어떻게 잡아야 좋을지에 대해 의논하기 위해서였다.

"야, 민호야! 저것 좀 봐라."

친구가 가리키는 산 쪽으로 영어 선생과 선이가 걸어가는 것이 보였다. 운동장이 끝나는 지점에서 얕은 산길이 이어지고 그 산길로 가면 어디로 가는지 나는 몰랐다. 학교 뒤쪽으로는 한 번도 가 본 적이 없기 때문이었다. 재색 양복을 입은 젊은 선생과 하얀 상의에 검은 치마의 교복을 단정하게 입은 여학생이 나란히 가는 것이 참으로 다정해 보였다. 나는 갑자기 가슴이 울렁거리기 시작했다. 가슴이 달아오르며 얼굴이 빨개지고 숨이 가빠왔다.

"어쭈! 잘 어울리는데."

"잘한다, 잘해. 선생과 학생이."

"저러니까 애들이 연애편지 돌리고, 사고 치고, 지랄들이지."

유리창에 붙어 선 아이들이 한마디씩 했다. 모두들 두 사람의 모습이 보기에 좋지 않은 모양이었다. 그러나 나는 집으로 가는 방향이 같은 여학생과 선생님이 함께 가는 것이라고 생각했다. 꼭 그럴 것이라고 생각하고 싶은 선이의 뒷모습이 밤나무 동산을 넘어오던 소녀와는 또 다른 모습으로 보였다.

"야! 인마. 가만히 보고만 있을 거야?"

친구가 나를 보며 말했다. 빨갛게 달아오른 얼굴로 조용히 숨을 쉬고 있는 내가 딱해 보였던 모양이었다.

"뭘…… 어쩌란…… 말이야? 이제 와서……."

나는 속으로 불붙는 마음을 참으며 어물거렸다. 그러자 친구는 내 마음을 읽기라도 한 듯이 다시 부채질했다.

"너는 배알도 없니? 추석날, 그때를 잊었어? 부엌문 뒤에서 너를 훔쳐보고 있었다던 선이를."

친구의 부채질에 나는 가슴이 방망이질 쳤다. 그러나 겨우내 검은 둥치 속에서 꿈틀대는 욕망을 참아 내고 봄에 꽃을 피우는 나무처럼 나도 그 토요일을 이겨 냈어야 했다. 선이와 영어 선생이 서로 좋아한다 해도 남의 일처럼 생각해야 했다.

"야! 따라가 봐. 저것들이 무슨 짓을 하는지."

"뭘……? 어떻게……?"

"뒤쫓아 가 보라니까."

친구들의 부추김에 나는 참지 못하고 기어이 밖으로 뛰쳐나갔다. 뒤에서 응원하는 친구들의 목소리가 들렸다. 산은 평평했지만 키 큰 나무가 많았다. 주로 소나무와 굴참나무였다. 나무 사이로 난 길을 부지런히 뛰어가자 앞서가는 두 사람이 보였다. 교실 창문을 통해서 보던 것보다 더 다정한 모습이었다.

"야! 한선이!"

영어 선생과 선이가 깜짝 놀라 뒤를 돌아보았다.

"너는 우리 학교 학생이 아니냐? 그래, 네가 학생회장 이민호 맞지?"

영어 선생이 나를 보며 물었다. 나는 옆에 있는 선이를 보고 있었다. 선이는 당황하는 얼굴로 영어 선생의 뒤로 숨었다. 나는 가슴이 뜀박질했다. 혼자 열병을 앓았던 것이 너무나 억울하다는 생각이 들었다.

"선생님! 이러시면 안 되지요. 선생님 입장에서……."

나는 전투 자세로 몸을 가다듬으며 말했다.

"이놈이…… 지금 뭐 하자는 짓이야!"

이상한 분위기를 탐지한 영어 선생이 소리쳤다. 그리고 그 뒤에는 어떻게 되었는지 모른다. 서로 붙잡고 뒹굴어 흙과 풀잎이 온몸에 엉겨 붙어 있었다. 나는 코피가 터지고 영어 선생의 눈두덩이 시퍼렇게 멍들어 있었다. 나는 뒤돌아 뛰어 달아났다. 영어 선생의 앞니 1개가 부러졌다는 말이 들렸다. 내가 머리로 들이받은 모양이었다. 선생님들의 긴급회의가 열렸고 나는 정학을 맞았다. 영어 선생도 학교를 그만두었다.

"이렇게 끝난 것이 다행이다. 잘못되었으면 너는 소년원에 가야 했다. 교장 선생님의 너에 대한 배려가 컸고 영어 선생님 또한 더 이상 문제가 확대되는 것을 원치 않아 이 정도로 끝난 것이다."

담임 선생님은 떨고 있는 내 어깨에 따뜻한 손을 얹으며 정학 4개월로 처리되었으니 내년 하반기에 학교에 다시 오라고 했었다.

나뭇잎들 사이로 빛이 들어오는지 숲이 조금씩 밝아지기 시작했다. 나는 키 큰 나무둥치들과 잡목의 거친 가지들을 헤치고 나갔다. 허리까지 차오르는 떡갈나무인지 오리나무인지 모를 무리들이었다. 여기저기 하나둘 꽃이 피어 있는 것들이 예뻐 보였다. 푸른 잎 사이 붉은색의 꽃이 몇 개씩 모여 달린 나무도 보이고, 잎은 하나도 없이 가지마다 노란색의 꽃을 소담스럽게 달고 있는 꽃나무도 보였다.

비록 내게서 떨어져 있어 가까이 갈 수는 없지만 나는 참으로 반가웠다. 중학교 3학년 추석날, 미술 선생님 집에서 저마다의 기량을 자랑하던 우리들처럼 보였기 때문이었다. 그때, 나는 멋진 작품을 만들고 싶은 욕망에 가슴이 한껏 부풀어 있었다.

우리는 도내 예술제에 출품할 작품을 쓰고 그리기 위해 미술 선생님 집에 갔었다. 여러 달 전부터 수업이 끝나고 학교에 남아 연습을 했지만 정작 예술제에 출품할 작품 제작에 대한 지시가 없더니 선생님은 도구를 갖추어 집으로 오라고 했다. 붓글씨를 쓰는 나와 같은 반 친구 그리고 그림을 그리는 2학년 여학생 두 명과 3학년 여학생 한 명이었다.

화창한 햇볕이 내리쬐는 날이었다. 추석 음식을 잔뜩 얻어먹고 마당으로 나온 친구와 나는 갈색이 반들거리는 알밤이 탐나서 밤 따기 경쟁을 했다. 동산은 들어갈수록 깊고 어두웠다. 그 동산 어디에서 나타났는지 몰랐다. 나는 하얀 원피스를 입은 소녀가 불현듯 밤나무 사이에서 오고 있는 것을 보고 멍하니 서 있었다. 짧은 치마를 팔랑거리며 오던 소녀도 나를 보고는 움찔 그 자리에 섰다. 날씬한 다리에 잘록한 허리, 볼록한 가슴에 하얀 얼굴이 예뻤다. 나는 순간 숲속에 핀 한 송이 목련꽃 같다는 생각이 들었다. 소녀도 지켜보고 있는 나를 의식한 듯 손으로 얼굴을 가리며 미술 선생님 집으로 빠르게 걸어갔다.

나는 장대를 내던지고 미술 선생님 집으로 들어갔다. 커다란 대청마루가 있고 그 왼쪽으로도 오른쪽으로도 문이 열려 있는 방이 있지만 소녀는 보이지 않았다.

"자아, 이제 도구를 챙겨 대청마루에 모이자."

우리는 선생님의 지시에 따라 대청마루에 앉아 각자 작품을 만들 준비를 했다. 나는 대청마루의 제일 바깥쪽 자리를 배정받았다. 마루 끝에서 마주 보이는 곳에 부엌문이 있고, 부엌과 'ㄱ'자로 꺾인 대청마루 끝과는 거리가 얼마 되지 않았다. 넓은 나무판들이 붙어 있는 부엌문은 사이가 넓어 보였다. 그 틈 사이로 하얀 원피스가 보인 것은 내가 벼루에 먹물을 잔뜩 갈아 놓고 머리를 들었을 때였다. 나는 무심코 김동환 님의 시「산 너머 남촌에는」을 쓰려고 했다. 3절로 된 시가 내가 작품을 제작할 붓글씨의 본이었다.

나는 붓에 먹물을 묻히고 첫 번째 글자를 쓰기 위해 자세를 잡다가 문득 부엌문을 보았다. 그 순간, 부엌문 틈 사이로 소녀의 까만 눈동자가 보였다. 나는 붓을 떨어뜨릴 뻔했다. '산 너머 남촌에는 누가 살길래.' 나는 한 소절의 글씨를 쓰고 머리를 들어 다시 보았다. 소녀의 검은 눈동자와 내 눈이 마주쳤다. 나는 가슴이 쿵쿵 뛰었다. '해마다 봄바람이 남으로 오네.' 또 한 소절의 글씨를 쓰고 머리를 들었다. 소녀의 눈빛이 나를 부르고 있는 것 같았다. 나는 당장이라도 소녀에게 가고 싶었다. '꽃피는 사월이면 진달래 향기.' 뛰는 가슴 때문에 글씨가 잘 써지지 않았다. 나는 3절까지의 긴 시를 어떻게 썼는지 몰랐다. 소녀는 부엌문 뒤에서 나를 계속 바라보고 있었고 나는 정신을 온통 소녀에게 빼앗기고 말았다.

"미술 선생님 집에 왔던 소녀가 누구지?"

나는 미술 선생님 집을 나오며 친구에게 물었다.

"아! 한선이? 미술 선생님 외조카야. 우리와 같은 2학년이지."

친구는 아무렇지도 않게 말했다. 그러나 나는 소녀가 나와 같은 학교 같은 학년이라는 사실에 가슴이 뛰었다. 나와 소녀가 보이지 않는 끈으로 묶여 있는 것만 같았다.

그 후 나는 선이만 생각했다. 왜 그런지 나도 몰랐다. 공부할 때도 밥을 먹을 때도 잠을 잘 때도 선이가 머릿속을 맴돌았다. 그러나 등교할 때, 어쩌다 학교 담을 따라 친구들과 이야기하며 오는 선이를 보고도 나는 어쩌지 못했다. 가슴만 콩닥콩닥 뛸 뿐이었다.

서울역 대합실은 중학교 운동장만큼 넓었다. 나는 어디로 가야 좋을지 몰랐다. 촘촘히 놓여 있는 의자에 앉아 있는 사람들, 긴 의자에 누워 있는 사람들, 서성이는 사람들, 여기저기로 부지런히 걸어가는 사람들의 어깨가 부딪칠 정도로 복작거렸다. 나는 사람들에게 휩쓸리며 이리저리 돌아다니다 겨우 밖으로 나가는 출구를 찾았다. 그러나 막상 갈 곳이 없었다. 도로는 차들로 넘쳐흐르고 어디를 보나 하늘을 찌를 듯 솟아 있는 건물들 천지였다. 어둠이 찾아오자 온갖 불빛들이 번쩍이는 서울은 무서웠다. 나는 광장을 배회하다 다시 역으로 들어갔다. 잠은 긴 의자에 쪼그리고 누워 잤다.

다음 날 아침은 또 다른 세상이었다. 부지런히 움직이는 차들과 사람들이 생기 있어 보였다. 나는 무작정 걸었다. 어디로 얼마쯤 걸었는지 몰랐다. 도로를 건너고, 네거리에서 방황하기도하고, 육교를 건너 걷다 보니 학교가 있는 주변까지 갔다. 나는학교가 반가웠다. 주변에 자리 잡고 돈을 벌면 학교에 들어갈 수있을 것 같았다. 중학교였지만 고등학교도 어딘가에는 있을 것이었다.

점심때가 넘었는지 배가 고팠다. 생각해 보니 아침도 먹지 못했다. 어젯밤에도 매점에서 빵과 우유를 사 먹은 것이 고작이었다. 간판은 북경반점이지만 들어가 보니 4인용 식탁 일곱 개가놓여 있고 앞으로 주방이 있는 작은 식당이었다. 주방에서 요리하는 아저씨와 식당에서 손님을 받는 아주머니 둘이서 일하고있었다. 손님은 다섯 명뿐이었다.

나는 출입문 가까이 있는 식탁에 앉아 자장면을 시켰다. 읍내의 중학교에 다니면서도 몇 번 먹어 보지 못한 자장면이었다. 나는 허겁지겁 자장면을 먹었다. 왠지 눈물이 날 것 같았다. 내가자장면을 먹는 동안에도 손님이 들어오고 배달 전화가 걸려 오고 둘은 바쁜 것 같았다. 이곳에서 아주머니를 도와준다면……. 나는 생각했다. 가족같이 지낼 수 있다면 학교에 갈 수도 있을 것같았다. 내가 자장면을 먹는 모습을 보던 아주머니가 말했다.

"아침도 못 먹었나? 쯧쯧."

나는 부끄러웠다. 아주머니가 친절한 것 같았다. 나는 때를 놓치지 않고 속에 있는 말을 했다.

"학교? 그럼, 일만 잘하면…… 보내 줄 수 있지."

아주머니는 기다렸다는 듯이 승낙했다. 그렇지 않아도 일하던 사람이 나가 구하는 중이라고, 주방 뒤에 방도 있으니 걱정하지 않아도 된다고 했다. 아저씨도 반가워했다. 운이 좋은 셈이었다. 나는 그만큼 열심히 일했다. 주변의 시장 통에 배달도 부지런히 하고 손님 서비스며 식재료 다듬기 등 주방 보조 일까지 했다.

그러나 일 년을 그렇게 일했지만 학교는 꿈도 꿀 수 없었다. 바빴기 때문이었다. 나는 아침 일찍부터 밤 12시까지 일을 해야 했고 아주머니와 아저씨는 처음과 달랐다. 돈도 용돈에 조금 더 보태 주는 정도에다 학교는 보낼 생각도 하지 않았다. 나는 조바심이 났다. 아저씨는 여전히 바쁘다는 핑계뿐이었다. 밤에 공부를 하려 했지만 지친 몸에 쏟아지는 잠을 감당할 수 없었다. 머릿속에서는 이러면 안 된다는 생각이 수없이 떠올랐지만 책을 펼치고 앉아 있으면 나도 모르게 앉은뱅이책상에 머리를 박고 잠을 자고 있었다. 꿈속에서는 학교를 찾아 헤매었다. 학교가 어디에 있는지 몰랐다. 한참을 헤매도 언제나 그 자리였다.

쓰러진 나무가 앞을 가로막고 있다. 둥치가 어른 다리통만 하고 길이가 제법 긴 나무였다. 파인 흙에 뿌리를 드러낸 채 길게 쓰러져 있는 나무줄기는 부러지고 남은 가지와 튀어나온 바윗돌이 받치고 있어 내 허리에 닿을 정도로 누워 있었다. 몸통은 물기가 빠져 바짝 말라 있지만 비탈 밑으로 처져 있는 죽은 가지들 사이에 잎이 파릇하게 올라온 새 가지가 솟아나 있는 것이 보였다. 높이 솟은 나무들 사이로 보이는 파란 하늘이 보고 싶기 때문일까. 뿌리 한 가닥이 아직도 흙에 묻혀 있는 나무는 살기 위해 발버둥치고 있는 것 같았다.

나도 그랬다. 앞날을 위해 새로운 길을 찾아야 했다. 북경반점에서는 죽은 나무와 별반 다를 것이 없었다. 그 무렵이었다.

"학생! 몇 살이지?"

"……."

"고등학교에 다닐 나이 같은데……."

자장면 세 그릇과 탕수육과 배갈 2병을 배달 간 사무실이었다. 나는 세 사람을 번갈아 보았다. 가끔씩 배달을 시켜 먹는 아저씨들이 잘은 모르지만 선한 사람들 같았다. '선한 택배'라고 작은 간판이 붙어 있는 사무실이기 때문이었다. 책상 하나와 큰 테이블, 의자 몇 개가 전부였다. 사무실 안쪽으로 작은 마당이 있고 지붕만 덮은 창고에 커다란 화물들이 얼마간 쌓여 있기도 했다.

"아침에서 밤까지 일하고…… 학교에 갈 시간이 없을 것 같은데……. 그렇지? 학생."

얼굴이 까맣고 동남아 사람같이 생긴 아저씨가 말했다. 나는 자장면 그릇을 테이블에 놓다 말고 그를 보았다.

"학생! 우리 사무실에서 일해 볼까? 배달은 오후나 밤에 할 수도 있고…… 학교에 갈 수도 있으니까."

사장인 듯 검은 양복을 입은 사람이 이어서 말했다. 나는 그의 말을 놓치지 않았다.

"예! 아저씨, 정말입니까? 공부만 할 수 있으면요."

나는 뛸 듯이 기뻤다. 배달도 어렵지 않다고 했다. 실제로 작은 소포였다. 하루에 한두 번 책을 옆구리에 끼고 가듯 지하철을 타고 가 지정한 주소지에 지정한 이름의 사람을 만나 전해 주면 되었다. 또 한 사람, 건강한 아저씨는 커다란 포장 물품을 싣고 차를 몰고 다녔지만 나에게 시키는 일은 없었다. 나는 고등학교 교과서와 참고서를 사서 검정고시 공부를 시작했다. 공부도 잘되었다. 가까이 있는 도서관에 가서 공부를 하다 사장이 사 준 휴대폰으로 전화가 오면 사무실에 가서 소포를 받아 전해 주면 되었다. 잠은 사무실에 딸린 방에서 잤고 밥은 시장 거리에서 사 먹거나 라면을 끓여 먹었다.

추운 겨울이었다. 배달을 간 곳은 강남의 아파트단지였다. 17층을 올라가 벨을 누르자 건장한 남자가 문을 열고 나를 훑어보았다.

"밖이 춥죠? 들어와 몸을 녹이고 가요."

남자는 소포를 받을 생각도 않고 내 손을 잡아끌었다. 다른 사람들은 소포만 받고 나를 거들떠보지도 않았었다. 거실은 꽤나 넓었다. 한쪽 벽에 커다란 TV가 걸려 있고 그 밑으로 노래방기기 같은 전자장비가 쌓여 있었다. 옆으로 있는 주방에는 불빛이 은은하고 벽을 따라 술병들이 여러 단으로 꽂혀 있었다.

"젊은이가 수고가 많군요. 추위에 떨었을 텐데…… 따뜻하게 마셔요."

주방에서 연갈색 물을 담아 온 남자가 컵을 내게 주었다. 내가 무엇인가 싶어 컵을 보고 있자 남자가 피로회복제라며 걱정 말고 마시라고 했다. 나는 무심코 마셨다. 조금 쌉쌀했다. 내가 물을 다 마시자 남자가 나에게 소파에 앉아 쉬라고 했다. 나는 어리둥절했다. 조금 앉아 있자 정말로 피로가 풀리는 듯 기분이 좋아지기 시작했다. 하늘을 날 것 같은 기분이 들었다. 몸에 힘이 솟고 가슴이 뛰었다.

남자가 데리고 간 방은 어둠침침해서 잘 보이지 않았다. 맞은편으로 붉은색 요가 깔려 있는 것 같고 가운데에 여자 둘이서 앉아 술을 마시고 있었다. 여자들이 나를 반갑게 맞아 주었다. 나는 그 방에서 무슨 일이 있었는지 몰랐다. 황홀한 도취감에 꽃밭을 헤매었던 것만 같았다.

다음 날 잠에서 깨어났을 때 집 안은 텅 비어 있었다. 나는 큰 죄를 지은 사람처럼 몰래 집을 빠져나왔다. 속이 매스껍고 몸에서 힘이 다 빠져나간 것 같았다. 몸에 감각이 있는지도 잘 몰랐다. 아침 늦게 회사에 가자 사장은 나를 보고 아무 말도 하지 않았다. 나는 그날 방에서 꼼짝 않고 누워 있었다. 몸이 처지고 기분이 이상했다. 배달할 소포가 없는지 사장도 찾지 않았다.

다음 날은 구로공단이었다. 사장이 이번에는 꼭 돈을 받아 오라고 했다. 좀처럼 없던 일이었다. 밤늦게 찾아간 곳은 공장이 아닌 옥상의 근로자 숙소였다. 벽돌을 쌓은 채 미장도 하지 않은 건물에서 문을 열고 나온 사람은 얼굴이 시커먼 젊은이였다.

"이거 코카인 맞지요?"

눈이 큰 청년이 서툰 한국말로 물었다. 나는 흠칫했다.

"내용물은 모르지만…… 그럴 리가요."

나는 엉겁결에 대답했다. 청년이 내 말을 알아들었는지 소포를 뜯어 내용물을 확인하고 돈 봉투를 주었다. 주둥이가 봉인되어 얼마인지 몰랐다. 나는 돌아오는 내내 그날 밤 알 수 없었던 일이 자꾸만 떠올랐다.

'코카인…… 마약?'

나는 그제야 사장이 나에게 잘해 준 이유를 알 것 같았다. 다음 날 내 의혹에 찬 눈초리에 사장의 태도가 확 바뀌었다.

"너도 마약 범죄자야. 너 하나쯤 쥐도 새도 모르게 처치할 수 있다고!"

사장이 나에게 노골적으로 경고했다. 나는 바위처럼 덮치는 두려움에 눈앞이 캄캄했다. 어디로 가야 출구가 있는지 몰랐다. 1년 가까이 아파트로 사무실로 요정으로 노래방으로 공장으로 가정집으로 배달한 것이 마약이라는 생각이 나를 옥죄어 왔다. 사장은 수시로 전화를 걸어 내 행선지를 확인하고 압박했다.

4월이 되어 날이 풀리자, 내가 달아날 낌새를 알아차렸는지 동남아 아저씨와 함께 억지로 내 팔뚝에 하얀 주사액을 넣기도 했다. 겨울에 배달 갔던 집에서 먹었던 것하고는 달랐다. 가슴이 넓어지고 무심해지면서 세상에 무서움이 없었다. 마약을 배달하는 것도 당연한 것처럼 느껴졌다. 그러나 밤에 꿈을 꾸면 중학교 시절의 내가 보였다. 나를 애타게 부르는 나, 나, 나. 잠에서 깨어나면 허탈했다. 토할 것 같고 불안하고 조바심이 났다. 어떻게 하든 이곳을 빠져나가야 된다는 생각뿐이었다.

그러던 어느 날이었다. 나는 사무실을 나가는 사장을 몰래 뒤따라 나갔다. 이른 아침 시장 거리에는 사람들이 없었다. 나는 벽에 세워 두었던 각목을 집어 사장의 머리통을 후려쳤다. '퍽' 하는 소리와 함께 사장이 앞으로 쓰러졌다. 나는 뒤돌아 시장 통 밖으로 뛰었다. 소리치거나 따라오는 사람은 없었다.

죽어 가는, 아니 살아나고 있는지도 모를 나무를 타 넘자 잡목들이 많지 않았다. 나뭇가지 사이로 하얀 물체가 다시 보이기 시작했다. 나는 듬성한 관목들을 헤치며 하얀 물체를 향해 나갔다. 산의 경사도 완만해져 갔다. 나무들 사이로 조금씩 모습을 드러내는 하얀 물체! 내가 허겁지겁 산등성이로 올라갔을 때 나타난 그것은 산자락 밑으로 저만치에 서 있는 거대한 목련나무였다. 아침 햇빛을 받아 백옥처럼 빛나고 있는 목련꽃들!

나는 그 자리에 못 박혀 섰다. 나무의 높이는 20미터 가까이 되는 것 같았다. 그 큰 나무의 둥근 끝 부분이 숲 위로 보인 모양이었다. 나무 아래 부분의 날개를 펼친 듯 뻗어 있는 가지도 좌우를 합쳐 10미터는 넘어 보였다. 푸른 잎 하나 없이 순백의 꽃들로 가득한 목련나무는 그렇게 있을 것 같지도 않은 자리에 서 있었다. 동쪽 하늘에 떠오른 태양에서 쏟아지는 햇빛에 수없이 반짝이는 꽃들이 마치 천상의 새들이 앉아 노래를 부르고 있는 것 같았다. 청아한 목소리로 합창을 하는 노랫소리가 머릿속으로 파고들었다. 나는 아득한 정신에 눈을 감았다.

목련꽃 그늘 아래서 베르테르의 편지를 읽노라……. 우리는 음악 선생님의 피아노 소리에 따라 노래를 불렀었다. 커다란 강당에 남학생과 여학생이 함께였다. 돌아온 4월은 생명의 등불을 밝혀 준다. 아…… 앞으로 무엇인가 되고 싶었던 때였다. 우리는 입을 크게 벌려 노래를 불렀었다. 빛나는 꿈의 계절아 눈물 어린 무지개 계절아……. 노랫소리는 열린 창문을 통해 푸른 하늘로 퍼져 올라갔었다.

나는 감았던 눈을 떴다. 산줄기가 내려간 끝으로 산을 돌아 외부로 빠져나가는 노란 모랫길이 보였다. 마을은 한적했다. 산자락 아래에 들어앉아 있는 집들은 서너 채, 그중에 산 쪽으로 떨어져 있는 슬레이트집 옆의 목련나무가 나를 부르고 있었다. 그토록 바라던 내가 목련꽃 속에 숨어 있는 것처럼. 나는 그곳에 있는 나를 찾아 잡풀이 우거진 비탈길을 뛰어 내려갔다.

아름다움에 대한 동경이 인간을 성숙하게 만드는지 모른다.

내가 살아온 날들을 되돌아보면 그러하다. 그러나 나는 내가 동경했던 아름다움이 무엇인지 몰랐다. 꿈이었는지, '한선이'였는지, 목련꽃이었는지, 청아하게 부르던 우리들의 노래가 날아간 푸른 하늘이었는지. 다만 운명과 함께 다가오는 시간, 사람이면 누구나 맞이하는 시간 속에서 미숙하든 성숙하든 하나의 사람을 만들어 놓는다는 것을 알았다. 내 속에 그런 내가 들어 있었다. 나는 그런 나를 찾아 여기까지 왔다. 이제 프랑스로 가지고 갈 짐을 싸야 한다. 나는 산속을 헤매고 있는 나를 불러들여 자리에서 일어선다.

달빛 재판

"모두 일어서십시오."

정리(廷吏)의 말에 사람들이 모두 일어선다. 방청석 가득 차 있는 사람들이다. 달빛 재판의 선고에 흥미와 관심을 가지고 있는 사람들일 것이다. 사람들의 이목이 집중되어 있는 사건이다. 공판에서 격렬한 논쟁을 벌였었고 각종 신문에도 크게 보도되었었다. 최정 판사는 방청석을 둘러본 후 자리에 앉는다. 어느 누구도 의심할 수 없는(피고인이나 고소인이 상고할지라도 그렇게 판결이 날) 선고를 해야 한다. 특히나 고향 마을에서 고향 사람들이 일으킨 사건이다.

"모두 자리에 앉으십시오."

사람들이 의자를 끌어당겨 앉는 소리가 한참이나 이어진다. 한낮인데도 천장의 형광등 불빛이 법정을 환하게 비추고 있다. 방청석이 눈에 익으며 사람들의 얼굴도 뚜렷하게 보이기 시작한다. 양복 속 하얀 와이셔츠에 넥타이를 맨 사람들에 한복을 차려입은 여자들도 있지만 대부분의 사람들은 남방이나 허술한 잠바 차림이다. 특히나 얼굴이 검게 그을린 시골 사람들이 많다. 그들은 왼쪽과 오른쪽의 두 패로 갈라져 있다. 왼쪽은 천 읍장 댁 할머니를 중심으로 정장을 한 천장수 아버지와 한복을 곱게 입은 어머니를 비롯해 얼굴이 멀끔한 사람들이 앉아 있다. 천장수 할머니의 옆에 붙어 앉아 있는 어머니도 보인다. 최정 판사는 어머니와 눈이 마주치지 않으려고 얼굴을 돌린다. 어머니의 부질없는 당부가 마음에 걸리기 때문이다.

"얘야, 어려울 때 입은 은혜를 저버리는 것은 인간의 도리가 아니다. 어떻게 하든 그 댁을 도와드려야 한다. 네가 학교에 다닐 때 얼마나 도와주었느냐. 그 은혜를 갚아야 한다."

시골집에 갈 때마다 거듭 당부하곤 했었다. 최정 판사는 그런 어머니에게 그만 좀 하시라고 역정을 내기도 했었다. 마음이 무겁기 때문이었다. 그러나 어머니는 굽히지 않았다. 집안을 이어 갈 남자라고는 장수 하나라고, 읍사무소에 다니면서 집안일도 잘하는 아들이 되었다고, 그런 장수가 절대로 그런 짓을 할 리가 없다고 마나님이 누누이 말했다는 것이다.

고소인이자 증인인 갯말댁도 시골 사람들 가운데에 앉아 있다. 가깝지 않은 시골인데 많은 사람들이 와있다. 아마도 마을에서 버스를 대절한 모양이다. 갯말댁은 아직도 달빛에 붙잡혀 있는 듯 몽롱한 얼굴이다. 꿈을 찾아가다 삶의 모든 것을 잃어버린 그녀다. 그만큼 그녀는 절실했고 증언 또한 그들이 속삭이던 말까지 세세하게 말했었다.

피고인 천장수는 호송 경찰과 함께 앞자리에 앉아 있다. 연두색 미결수의 옷을 입고 있는 피고인이지만 재판에는 관심이 없는 듯 한가로운 얼굴로 창밖을 바라보고 있다. 달빛 속으로 달아났던 천장수다. 검사도 달빛 속으로 숨어든 그를 정확하게 집어내지 못했다.

"2019 고단 1437 천장수 피고!"

최정 판사가 마음을 다잡고 피고인을 부른다. 천장수가 깜짝 놀란 듯 자리에서 일어난다. 큰 신장에 다부진 몸매다.

"피고인석으로 나오세요."

자리에 앉은 천장수의 눈에 힘이 잔뜩 들어 있다. 그 눈빛에 '지루한 싸움은 이제 끝났다. 너는 나를 풀어 주지 않을 수 없을 것이다.' 하는 생각이 들어 있는 것 같다. 최정 판사는 얼굴을 돌려 선고문을 확인한다. 형사재판은 검사와 변호사의 싸움이다. 그 결과가 선고장에 들어 있다.

"피의자 이상호는 앞으로 나오세요."

최정 판사가 범행에 참여했던 이상호를 부른다. 방청석 가운데에 앉아 있던 이상호가 걸어 나와 천장수 옆에 앉는다. 검사가 두 사람 모두에게 구속영장을 청구했었지만 이상호는 기각되었다. 현직 조교수고 도굴의 단서를 찾아내지 못했다는 이유였다. 두 사람의 얼굴이 대조적이다. 미결수 감방에서 있어서 그런지 전에 보지 못했던 검은 수염이 거칠게 돋아 있는 천장수다. 이상호는 얼굴이 말끔하다. 두 사람이 얼굴을 마주 보며 알 수 없는 눈빛을 보낸다. 잠시 잠깐, 무슨 신호를 보냈는지 알 수 없다.

수감되지 않은 이상호다. 감쪽같이 사라진 고 박사라는 사람과 연락이 닿았는지도 모를 일이다. 마한 시대의 고분에 대해서도 잘 알고 있었다. 도굴했다는 고분은 원래부터 없었던 것이라고 주장해 왔다. 마한 시대는 철기문화 시대 이전의 청동기문화 시대였다고, 지배층의 고분이 있다 해도 금장식품들이 들어 있다는 것은 역사학계나 고고학계에서도 믿지 않고 있다고, 그런 마한 시대의 고분군에서 금장식품을 도굴했다는 것은 말도 안 되는 소리라고 강변했었다.

김정수가 이상호를 덮친 장소는 정자에서 육칠 미터쯤 떨어진 곳이었다. 최정 판사가 달빛을 탐문하기 위해 갔을 때도 경찰이 쳐 놓은 출입 금지 라인이 그대로 있었다. 달빛은 은은하고 주변은 교교했다. 둥근 달이 하늘 한가운데 웃는 듯이 떠 있었다. 멀리 가까이 내려앉은 부드러운 달빛이 주변의 모든 것을 보여 주며 멀리에서 들려오는 소리도 주변의 작은 소리도 모두 다 전해 주고 있었다. 자연은 그만큼 진솔하고 달빛은 정직했다. 공판정에서 다투었던 시시비비를 다 품고 있는 달빛이었다. 형사소송법은 증거재판주의다. 제307조 1항에는 사실의 인정은 증거에 의한다고 적시하고 있다.

최정 판사는 증인이 있었다는 정자로 올라가 보았다. 정자는 땅바닥에서 나무 계단 다섯 개 위에 올라앉은 육각형의 아담한 모양이었다. 산길은 멀리까지 완만했고 달밤의 정자는 안온했다. 옛집에서 멀지 않지만 한 번도 올라와 본 적이 없는 정자였다. 앞으로 마을이 옛날 그대로 자리 잡고 있고 뒤쪽으로는 내천 건너 들판이 드넓게 펼쳐져 있었다. 정자 아래로 넓은 고추밭이 있고 고추밭 너머 갯말댁의 작은 기와집이 있고 그 뒤로 중학교 입학 무렵에 아버지가 지었던 일자 지붕의 슬레이트집이 그대로 있었다.

길을 따라 밭 사이로 더 올라가 있는 천 읍장(피고인 할아버지가 읍장을 지냈다고 마을 사람들이 그렇게 불렀다) 집 커다란 기와지붕이 보였고 기와집 뒤쪽으로 오동나무들은 더욱 커져 하늘을 속에 무성한 숲을 이루고 있었다. 오동나무 숲 뒤쪽으로 들판과 읍내를 연결하는 도로가 있을 것이다. 왼쪽으로 훤히 보이는 곳 여기저기 나무들 사이에 전 씨, 조 씨, 허 씨, 박 씨 등등의 붉은 양철지붕 또는 기와지붕의 집들이 박혀 있고 맨 왼쪽 읍내로 나가는 곳에 이상호의 커다란 기와집과 마당가 언덕에 있는 오백 년을 살았다는 우람한 팽나무도 보였다. 그 위로 면사무소와 경찰 지구대 광장에는 가로등이 불을 밝히고 있었다.

들판을 앞에 두고 있어 대체적으로 넉넉했던 마을의 삼십여 채의 집들이 달빛 속에 고요히 잠들어 있었다. 잊을 수 없는 고향 풍경이었다.

피고인 천장수 측에서는 변호사를 세 명이나 고용했다. 주관 변호사는 원로 법조인이다. 죽은 자는 말이 없고 그의 아내이자 증인인 갯말댁이 똑똑히 듣고 보았다고 주장했지만 피고인 측 변호사는 남편의 행동을 정당화하기 위해 지어낸 말이라고 주장했다. 남편과의 성애에 미쳐 환상을 본 것이라는 쪽으로 몰아갔다. 변호사는 자신에 차 있었다. 증인의 증언은 허위이고 도굴 사건은 실체가 없는 허무맹랑한 고발이라고 변론했다.

피고인 천장수도 변호사의 변론에 고무되어 있었다. 이상호에게서 뒷일을 감쪽같이 처리했고 고 박사도 그 방향의 박사이니 뒷일을 어떻게 처리하는지 잘 알고 있을 것이라는 말을 들었을 것이다. 검사의 공소장에도 미진한 곳이 있었다. 이상호 일행이 도굴했다는 고분을 찾아내지 못했다. 김정수의 죽음에 대해서도 원인을 확실하게 밝혀내지 못했다. 도굴을 비롯해(만약 고분을 도굴했다면) 다툼 현장을 목격한 달빛만이 알고 있을 사건이었다.

최정 판사는 잠시 숨을 고른 후 선고장을 집어 든다. 하얀 백지에 박힌 글자들이 살아나는 듯이 떠오른다. 고향 마을에서 벌어졌던 고향 사람들의 사건이다. 그러므로 사건을 맡을 때도 우여곡절이 있었다. 최정 판사는 사건을 맡지 않으려고 했었다. 기피신청을 하면 당연히 받아들여질 것이었다. 그러나 지방법원의 사정 때문에 맡지 않을 수 없었다. 재임 판사가 부족하고 다른 판사들이 이미 굵직한 사건들을 수임하고 있었다. 법원장은 사건의 실체가 소멸될 수 있는 시간을 다투는 사건이고 새로운 역사를 정립하는 사건이니 젊은 판사인 당신이 맡으라고 했다. 최정 판사도 고향 마을의 역사에 주목했다. 거대 역사를 파헤쳐 고향에 새로운 역사를 정립하고 싶었다. 피고인과 증인을 누구보다 잘 알기도 했다. 인간적인 성향과 내면의 마음까지. 그러므로 다른 판사들이 모를 진실의 실체를 정확하게 들여다볼 수 있을 것 같았다.

피고인도 고소인도 판사기피신청을 하지 않았다. 인간적인 유대가 있어 서로가 자기에게 유리하다고 생각하는 것 같았다. 최정 판사는 그런 갯말댁과 천장수를 바라보며 가슴이 아팠다. 인연 때문일까. 아니면 재판의 엄중한 책임감 때문일까. 어떻게 판결을 내리든 한쪽은 심한 타격을 받을 것이다. 최정 판사는 그러므로 자신의 가슴을 파내는 심정으로 선고문을 작성했다.

재판정은 여름 마당에 물을 뿌린 듯 조용하다. 판사의 모든 행동을 빨아들일 듯이 보고 있는 눈빛들이다. 천장수는 꿍꿍이속이 잔뜩 들어 있는 모습으로 앉아 있다. 갯말댁은 머리를 숙이고 있다. 마치 자신이 죄인이라도 되는 것처럼. 그만큼 두 사람의 생각은 서로 다를 것이다. 공판 과정에서도 이리저리 얽힌 인연 때문에 골머리를 앓았었다. 그 결과가 여기 선고문에 들어 있다.

첫머리에 '달빛 사건을 판결합니다. 달빛은 거짓말을 하지 않았습니다. 그러므로 달빛 속에서 벌어진 사건의 진실을 밝혀내고자 합니다.' 문장이 이어져 있다. 그 밑으로 검사와 피고인 그리고 변호사와 증인 사이의 설전에서 얻어 낸 결과물이 나열되어 있다. 최정 판사는 머리를 들어 갯말댁을 다시 바라본다. 진정성을 확인하고 싶어서다. 여전히 달빛에 젖어 있는 모습이다. 그날의 상황을 어젯밤에 본 듯이 증언했던 갯말댁이다. 시골 여인이 꾸며 내어 말하기 어려운 진술이었다.

"밤 열두 시가 넘은 지경이었습니다. 남편과 제가 달빛에 취해 있을 때 어디선가 사람들의 말소리가 들렸습니다. 저는 무슨 소리인지 몰랐지만 남편은 이상한 낌새를 느낀 모양이었습니다. 남편이 정자 난간 밑으로 몸을 숨기며 저를 끌어 내렸습니다. 말소리가 점점 가까이 들려왔습니다. '히히히. 횡재야 횡재. 이런 횡재가……' '쉿, 입 닫아요. 밤말은 새가 듣는다고 합니다.' '이 밤중에 누가 있다고 그럽니까.' '어쨌든 조심하자, 장수야.' 하는 말소리였습니다. 제가 똑똑히 들었습니다. 세 사람의 목소리였습니다. 그들이 다가오는 것도 분명하게 보였습니다. '이상호 씨 말이 틀리지 않았어요.' '저를 믿은 고 박사님도 이쪽으로 일가견이 있지 않습니까.' '암 그렇지. 내가 이 부분에 몸을 담은 것이 얼만데.' 하고 이상호와 고 박사라는 사람이 말하고 천장수가 주변을 두리번거렸습니다. '이곳 마한 지역 고분에 금장식품이 매장되어 있다는 것은 저 외에는 아무도 모르지요. 그곳은 비록 봉분이 모두 훼손되었지만 읍차(邑借: 작은 집단의 지배자)의 고분입니다. 고고학계 그 누구도 모르지요. 하하.' 이상호가 으쓱거렸고 천장수가 '네가 고고학을 연구한 보람이 있구나.' 하며 추켜

세워 주었습니다. '그보다 고 박사님이 보물 위치를 정확하게 집어내어 도굴이 쉬웠지.' 이상호가 말했습니다. '올핸 지갑 사정이 두둑해지겠는걸.' 고 박사가 말했고 이상호가 대꾸했습니다. '물론입니다. 이 순금 유물들이 얼맙니까. 어깨가 아플 지경입니다.' 그들이 말을 나누며 정자 가까이 오고 있었습니다. 그때였습니다. 남편이 '저놈들이 도굴꾼을 끌어들여 천하에 몹쓸 짓을……' 하고 혼잣말로 속삭였습니다. 그러고는 '내가 저놈들을 잡아 역사를 바로 잡을 것이야.' 하고 튀어 나갔습니다. 제 남편은 아시다시피 수사경찰이었습니다. 남편이 이상호가 메고 있는 불룩한 배낭을 잡아채려 했습니다. 그러자 천장수가 들고 있던 것들을 팽개치고 제 남편에게 덤벼들었고, 두 사람은 산 아래로 굴렀습니다. 제가 뛰어나가니 고 박사라는 사람이 삽 같은 것을 급히 주워 들고 두 사람은 산 위쪽으로 줄행랑을 쳤습니다. 저는 남편이 걱정되어 산 아래로 내려가 보았습니다. 남편은 널브러져 있고 천장수가 나무들 사이로 도망가는 것이 보였습니다."

방청석의 많은 사람들이 놀라 웅성거렸다. '그러면 그렇지, 없는 일을 어떻게 저렇게 꾸며 낼 수 있겠어.' 하기도 하고, '어쩌면 저렇게 다 기억할 수 있지?' 감탄하기도 하고, '그때야 최고도로 정신 집중을 했겠지.' 하는 말소리들이었다. 그러자 변호사가 자리에서 일어나 반대 질문을 신청했었다.

"증인에게 질문하겠습니다. 야밤중에 증인 부부는 왜 그곳에 갔습니까?"

"……."

갯말댁은 머리를 숙이고 대답하지 않았다.

"증인 이말순은 한밤중에 왜 남편과 함께 그곳에 갔습니까?"

변호사가 갯말댁 앞으로 다가서며 다시 물었다.

"……."

갯말댁은 여전히 무응답이었다. 최정 판사가 제지해 주었다.

"변호사는 사건과 거리가 있는 질문은 자제해 주시기 바랍니다."

"그러면 다시 묻겠습니다. 아무리 달밤이라지만 멀리서 하는 말소리를 어떻게 그렇게 정확하게 알아들을 수 있습니까? 증인이 꾸며 낸 말 아닙니까?"

변호사가 질문했다.

"제가 어떻게 그런 것을 알 수 있어 꾸며 내겠습니까?"

갯말댁이 반박했다.

"죽은 남편의 행동을 정당화하기 위해 엉뚱하게 뒤집어씌우고 있지 않습니까."

"아닙니다. 저는 그날 보고 들은 것을 그대로 말했을 뿐입니다."

"그러니까 있지도 않은 고분에서 금장식품을 찾아냈다는 말입니까?"

"고분은 저도 모릅니다. 하지만 그들의 대화는 제가 똑똑히 들었습니다."

"들은 것이 아니고 꾸며 냈겠지요."

"그러면 제 남편이 왜 쫓아 나갔겠습니까?"

"증인의 남편 김정수는 경찰이지만 불법도박에 연루된 적이 있지요? 그래서 삼 개월 정직까지 당한 일이 있지 않습니까?"

"그것은 칠 년 전의 일입니다. 요즈음은 그 근처에도 가지 않습니다."

갯말댁도 지지 않았다. 그러나 두 사람의 설전으로 진실을 알아내기는 힘들었다. 달빛 속에서 벌어진 사건이었다. 최정 판사는 달빛을 탐문했을 때의 상황을 다시 떠올리며 곰곰이 생각했다.

마을 멀리에서 개 짖는 소리가 들려왔다. 올빼미인지 부엉이인지 모를 새소리도 들렸다. 산 쪽 멀리서 들려오는 소리였다. 가까이에서는 풀벌레 소리도 들렸다. 밤의 정적 속에서 멀리서 들려오는 소리와 가까이 작은 소리까지 확실하게 들려왔다. 환한 달빛도 한밤중의 사람이 반가운 듯 가까이 다가와 있었다. 최정 판사는 달빛에게 묻고 싶었다. 어떻게 멀리서 말하는 사람들의 목소리를 정확하게 인지할 수 있느냐고. '인간의 집중력은 달빛보다 더 예리하니까요.' 달빛이 대답하는 것 같았다. 사물들 속에 속속들이 배어 있는 달빛이었다. '또한 당신이 생각한 대로 밤의 소리는 멀리까지 전달되는 법이지요.' 달빛이 최정 판사의 마음을 들여다보는 듯이 미소를 짓고 있었다. '그렇다면 달빛! 그대도 증인의 증언이 사실이라고 믿는가?' 최정 판사는 가까이

와 있는 달빛에게 물었다. '그건 인간의 일이고 우리는 자연의 본심 그대로 전할 뿐이지요.' 달빛이 애매하게 돌리는 듯했다. 먼 곳이나 바로 앞이나 똑같은 밝기의 달빛이었다. '그렇다면 달빛! 그대는 그들이 도굴했다는 고분이 어디에 있는지 알고 있겠지?' 최정 판사는 가까이 있는 달빛을 붙잡듯이 질문했다. 결정적인 증거를 찾고 싶었다. '그것은 인간 누구에게나 머릿속에 감추어 둔 기억이 있듯이 그날의 달빛 속에 있었겠지요. 그러니 그들이 왔던 곳을 좀 더 자세히 더듬어 보는 것도.' 역시나 애매한 답변이었다. 경찰과 검찰이 충분히 조사했던 곳이다.

최정 판사는 달빛을 좀 더 자세히 바라보았다. 속에 있는 것을 다 볼 수 없을 것 같은 은은한 빛이었다. '그보다 어느 쪽이 더 진실을 말하고 있는지 인간의 본성을 캐 보는 것이 좋지 않을까요. 인간도 달빛인 우리와 같이 자연의 본성을 가지고 있을 테니까요.' 달빛이 말하고 있는 것 같았다. 그렇다 하더라도…… 최정 판사는 난감했다. 어떻게 본성을 증거로 재판을 할 수 있겠는가. 그러나 달빛은 그렇게 말해 줄 수밖에 없다는 듯이 정자 주변을 서성이고 있었다.

최정 판사는 마음이 착잡했다. 달빛의 탐문에서도 확실하게 얻은 것이 없었다. 사건 현장의 상황을 파악했을 뿐이었다. 최정 판사는 2차 공판을 기대해야 했다.

"증인은 달빛을 좋아하는 모양이지요? 달밤에 자주 정자에 올라가는 것을 보니."

2차 공판에서 검사가 증인에게 질문했다.

"예. 그렇습니다."

"그렇다면 달빛과 친하겠군요. 신비로운 친구처럼 말이지요."

"예. 검사님! 그날도 달빛이 도굴꾼들의 행동과 말을 하나도 빠트리지 않고 저에게 전해 주었습니다."

"이상입니다."

검사는 돌아서 피고인에 대한 신문으로 이어 갔다.

"피고인! 몸싸움 현장에 있던 곡괭이는 피고인 것이 맞지요?"

"……."

"경찰의 사건 조사 때도 묵비권을 행사했었지요? 법정에서는 묵비권이 통하지 않습니다. 사실을 인정하는 것이니까요."

검사의 다그치는 질문에 천장수가 입을 열었다.

"아닙니다. 저의 집에는 그런 곡괭이가 없습니다."

"그런데 왜 곡괭이 자루에 피고인의 지문이 묻어 있었지요?"

"그것은…… 그것은……."

천장수가 말을 더듬으며 대답을 하지 못했다.

"예. 그것은 저의 집 것입니다."

이상호가 대답했다.

"그랬군요. 그래서 피의자의 지문까지 묻어 있었군요. 그런데 왜 그 곡괭이가 그곳에 있었습니까?"

천장수와 이상호가 서로 쳐다보았다. 이상호가 대답했다.

"사실은 저의 집 정원에 소나무를 심기 위해 천장수와 함께 산에 모양이 예쁜 해송을 캐러 갔었습니다."

"그래서 그곳에 곡괭이를 떨어트리고 갔다? 말이 됩니까? 확인하면 금방 알 수 있는 것입니다. 확인해도 좋겠지요?"

검사가 다시 질문했다.

"예. 그렇게 하십시오."

이상호가 대답했다.

"읍내에서 당구를 치고 카페에 들렀다는 것도 경찰의 조사 결과 확인되지 않았습니다. 어떤 당구장이고 어떤 카페입니까?"

검사가 방향을 돌려서 질문했다.

"누가 당구장 이름과 카페 이름을 보고 들어갑니까? 그냥 있으니까 들어간 것이지요."

이상호가 언성을 높였다. 그러자 천장수가 벌떡 일어나 소리를 질렀다.

"검사는 없는 죄도 뒤집어씌우는 사람입니까? 그렇다면 그런 것이지요."

법정이 술렁거렸다. 검사도 어이없다는 표정이었다.

"피고인은 좌정하고 언행을 조심하기 바랍니다."

최정 판사가 말하자 법정은 다시 가라앉았다. 검사가 신문을 마치고 자리에 앉자, 변호사가 때를 놓치지 않고 증인 신문을 요청했다.

"증인에게 다시 묻습니다. 증인은 왜 한밤중에 그곳에 갔었습니까?"

변호사가 또다시 증인이 정자에 간 것을 문제 삼았다.

"사실은⋯⋯."

갯말댁이 망설였다. 아무래도 대답을 해야 될 것 같다고 생각하는 것 같았다.

"사실은 무엇입니까?"

"그이와 약속이 있었습니다."

"무슨 약속입니까? 혹시나 어느 집에 잠입하여 귀중품이라도⋯⋯."

"아! 아닙니다. 절대로 그런 것이 아닙니다."

"그러면 왜 그곳에 갔습니까?"

"달빛 환한 밤에 제 남편과 자주 올라갔던 정자입니다."

"그런데 왜 열두 시가 넘은 한밤중입니까?"

"달빛의 정기를 받아 판사님 같은 자식을 얻고 싶었습니다."

갯말댁이 대답하고 얼굴을 떨구었다. 재판정에 웃음이 터져 나왔다.

"그래서 말도 안 되는 헛소리를 들었습니까?"

"아닙니다. 그것은 확실한⋯⋯."

"됐습니다. 누가 봐도 뻔한 일입니다."

변호사는 단도직입적으로 말하고 법대를 향해 돌아서서 진술을 쏟아 냈다.

"판사님! 이 달빛 사건에는 확실한 증거가 없습니다. 사건의 핵심 인물 중 한 사람이라고 지칭된 고 박사라는 사람도 세상에 없는 사람입니다. 아직도 수배하지 못하고 있지 않았습니까? 도굴했다는 금장식품들도 찾아내지 못했습니다. 증인의 남편인 김정수 경사의 죽음도 심장마비로 밝혀졌으며 김정수가 먼저 이상호를 공격했고 천장수가 이를 저지하던 중에 두 사람이 산비탈로 구른 쌍방과실입니다. 천장수 또한 전치 2주의 타박상을 입었습니다. 또한 도굴했다는 마한 시대 고분도 근거가 없고 도굴 흔적도 찾아내지 못했습니다. 그러므로 증인의 진술은 정자 안에서 무슨 짓을 하고 있었는지 모를 증인 이말순의 환상과 착각에 불과합니다. 천장수는 오랜만에 고향에 내려온 친구인 이상호와 읍내에서 당구 게임을 즐긴 후 카페에 들러 술을 마시고 마을로 오던 중에 달빛이 좋아 동산 길을 걷던 중이라고 했습니다. 그러던 중에 김정수의 공격을 받았던 것입니다."

변호사는 의기양양했다. 피고인 천장수도 그것 보라는 듯이 판사를 빤히 올려다보았었다. 그 얼굴에 '신참 판사가 뭘 안다고 까불어. 너는 언제나 내 손아귀 안에 있었잖아.' 하는 내색이 완연했다. 세월의 저 너머에서 귀공자로 개구쟁이로 살아오며 동네 아이들을 괴롭혔고 중학교와 고등학교 때에는 싸움질만 하고 다니던 천장수였다. 충동적으로 남을 해치고도 양심의 가책 같은 것을 느끼지 않는 성격 장애자였다. 최정 판사는 그런 천장수에게 무던히 괴롭힘을 당한 기억이 있다.

초등학교에 다닐 때부터 이유도 없이 발로 차고 때로는 치마를 들어 올리기도 했었다. 그때마다 최정 판사는 울며 집으로 쫓겨 갔지만 어머니나 아버지의 지원도 받지 못했다. 어머니는 그러니까 오빠 말을 잘 들어야지 했고, 아버지는 내가 장수를 혼내 주어야지 하는 것이 고작이었다. 해마다 이천 석의 곡식을 거둔다는 천 읍장 댁이었다. 최정 판사가 중학교 2학년이 될 때까지 천 읍장 집 사랑채에 기거했고 아버지는 농사일을, 어머니는 부엌일을 하며 살았었다.

최정 판사는 천장수에게 그런 일을 당할 때마다 서럽게 울면서 다짐했었다. 죽어라고 공부해서 천장수의 위에 올라서겠다고. 그렇게 삶의 목표가 생기고, 목표를 향해 정진할 오기가 생겼었다. 아마도 그렇지 않았다면 지금 이 자리에 앉아 있지도 못했을 것이다.

방청석에 앉아 있는 사람들이 술렁거린다. 판사가 어떻게 판결할지 지켜보며 자기 생각들을 속삭이고 있는 것 같다. 갯말댁만 억울한 듯 흥분한 얼굴빛이다. 검은 저고리의 왼쪽 앞가슴에는 아직도 삼베로 만든 작은 조의 표식을 달고 있다. 막강한 힘을 이용해 살인죄를 덮으려는 천장수를 단죄해 달라는 표식인 것 같다.

최정 판사가 중학교에 다닐 때 옆집으로 시집온 그녀를 동네 사람들은 갯말댁이라고 불렀다. 바다 마을에서 시집왔기 때문이었다. 읍내에서 우연히 김정수를 만나 인연을 맺었다고 했다. 핸드백을 날치기하는 잡범을 김정수 순경이 잡아 주었다는 것이다. 둘은 그것을 계기로 알게 되었고 결혼까지 하게 되었다.

성격이 활달한 갯말댁은 마을 사람들과 잘 어울렸다. 공동우물에서 마을 여자들과 격의 없이 수다를 떨기도 했고 이웃집인 최정 판사의 집에도 자주 찾아왔었다. 어머니가 천 읍장 댁 일로 집을 비울 때는 군고구마 등 먹을 것을 가져다주기도 했었다. 서울에서 대학을 다니다 내려와 보면 여전히 활달하게 열심히 살아가고 있는 모습이었다.

최정 판사는 잠시 흐트러졌던 마음을 수습하고 몸을 꼿꼿이 세워 바로 앉는다. 어떤 경우에도 이성을 잃지 않고 냉정하게 판단하는 것이 판사가 지켜야 할 마음가짐이라고 생각해 왔다. 달빛 사건도 그런 정신으로 심리해 왔다. 어머니의 압력도, 갯말댁에게 가는 동정심도 떨쳐 버리려 무던히 애썼다. 검사가 제출한 공소장에는 이렇게 기술되어 있었다.

"피고인 천장수와 고향에 내려온 이상호 등이 모의하여 9월 2일 밤 한 시경 그들의 고향 산기슭에 있는 마한 시대의 미확인 고분을 도굴하여 금장식품 등 보물을 절취하여 오던 중에 현직 경찰인 김정수에게 발각되자 피고인 천장수가 김정수에게 달려들어 둘이 산 아래로 구르던 중에 몸집이 큰 천장수가 김정수의 가슴을 무릎으로 짓눌러 살해하였습니다. 또한 이상호의 주장에 마한 시대가 청동기문화 시대라고 하지만 충청도 지역에 자리 잡았던 54개 소국 중 하나인 목지국이라는 집단은 북방계 유민들로 금을 사용했다는 기록이 있으며 고고학자인 이상호도 잘 알고 있었을 것입니다. 그곳 동촌마을에서는 신지(큰 나라의 지배자)의 묘가 발굴되는 등 마한 시대의 고분이 다수 발견되고 있습니다. 그러므로 동촌마을이 고향인 이상호가 미확인 고분을 찾아내었을 것이며 도굴하였을 것이 분명합니다. 그 근거로 천장수와 김정수가 다툼을 벌인 곳에서 멀지 않은 곳에서 그들이 도굴에 사용했던 곡괭이가 발견되었고 국과수의 감식 결과 그 곡괭이 자루에서 천장수와 이상호의 지문이 확인되었습니다. 또한 증인 이말순의 정확한 증언도 형사소송법 제307조 2항(의심 없는 정도의 증명)에 의한 증거가 됩니다. 도굴 전문가 고 박사도 7년 전 이웃 지역 신지의 고분 도굴로 5년 형을 선고받았던 사람으로 이상호 측과 모의하고 도굴을 주도했음이 분명하며 수배 중에 있습니다.

그러므로 본 검사는 상기 증거에 의거 피의자 이상호에게 문화재보호법 제92조에 의거 5년의 유기징역을 청구하고, 피고인 천장수는 그에 형법 제250조의 미필적 고의 살인죄를 첨가하여 10년의 유기징역에 처할 것을 요청합니다. 아울러 본 사건의 수사를 계속 진행하여 도굴된 고분과 금장식품들을 찾아내어 고대 역사를 바로잡는 계기를 만들 것이니 재판부는 혜량하여 주시기 바랍니다."

최정 판사는 선고문을 다시 확인한다. 이제 공판 결과를 선고해야 한다. 달빛도 충분히 탐문했다. 그때의 상황들이 파노라마처럼 밀려온다. 도굴꾼들이 걸어왔다는 산 쪽이 평지처럼 완만한 경사로 뻗어 있어 산길이 멀리까지 보였었다. 그곳에서 걸어왔을 천장수가 보이는 것 같았다. 달빛이 그들이 걸어온 산등성이 너머를 샅샅이 뒤져 보는 것도 좋지 않겠느냐고 예감을 주었던 곳이다.

최정 판사는 정신을 집중한다. '아마도 당신의 눈에 보였다면 그것은 우리 달빛의 신비로운 모습일 것입니다. 우리는 신비로운 신기루를 보여 주기도 하니 어쩌면 당신의 예감이 우리와 통했을지도 모릅니다.' 머릿속에서 달빛이 속삭이는 것 같다. 인간과 자연이 서로 통할 수 있다는 것을 느낀 것은 처음이었다. 탐문에 응해 준 달빛이 고마웠다.

방청석의 사람들이 웅성거리고 있다. 뜸을 들이고 있는 판사가 이상하다고 생각하는 것 같다. 특히나 갯말댁 주변에 앉아 있는 시골 사람들이 안절부절못한다. 최정 판사는 정신을 가다듬는다. 이제 판결문을 읽어야 한다. 세상을 신비롭게 보여 주는 달빛과 예감이 통했었다. '우리는 그날 당신에게 다 보여 주었습니다. 그러므로 당신이 결정한 대로 선고하십시오.' 달빛이 말해 주는 것 같다. 최정 판사가 선고문을 읽기 시작한다.

"달빛 사건을 판결합니다. 달빛은 거짓말을 하지 않습니다. 그러므로 달빛 속에 들어 있는 진실을 밝혀내고자 합니다."

방청석 사람들이 판사가 무슨 소리를 하고 있느냐는 듯이 서로 의아한 눈길을 보내고 있다.

"본 사건은 검찰의 공소장에 도굴당한 마한 시대의 고분과 도굴했다는 금장식품 그리고 증인이 고 박사라 칭했던 도굴범을 찾아내지 못한 점으로 미루어 증거 부족인 미제(未濟) 사건입니다."

방청석 오른쪽에서 사람들이 웅성거리며 혼란이 일어난다. 누군가 연신 토악질을 하고 있다. 입에서 토하는 것이 나오지는 않는다. 옆에 있던 여자들이 갯말댁을 부축해 급히 방청석 밖으로 나간다. '헛구역질하는 것을 보니 임신인가 보네.' 여자들이 소곤거리는 소리가 들린다. 최정 판사는 공판정에서 갯말댁이 했던 말을 떠올린다. 정말로 그랬다고……? 최정 판사는 갯말댁의 삶에 대한 욕망에 가슴이 뜨거워진다.

"조용히, 조용히 해 주십시오."

정리가 사람들을 진정시킨다. 최정 판사는 방청석이 조용해지자 다시 판결문을 읽기 시작한다.

"그러나 도굴에 사용되었을 것으로 추정되는 곡괭이가 다툼이 있던 현장에서 발견되었고, 그 자루에서 피고인 천장수와 피의자 이상호의 지문이 동시에 검출되었습니다. 산에서 해송을 캐어 피의자 이 상호의 정원에 심었다는 것도 검찰의 현장 조사 결과 사실과 다르며, 밤의 차가운 공기 밀도를 참작하면 증인의 증언 또한 형사소송법 제307조 2항의 자유로운 증명에 따른 증거 능력이 있는 것으로 사료됩니다. 그러므로 현직 경찰인 김정수의 예감은 신빙성이 있고, 뛰어나가 피의자 이상호를 덮친 행위 또한 확실한 판단의 소치로 보입니다. 또한 피고인 천장수와 이상호가 함께 읍내에서 술을 먹고 오던 중에 달빛이 좋아 산을 산책했다는 진술도 검찰의 조사 결과 근거가 부족합니다. 거기에 도굴범 고 박사도 검찰의 공소장에 적시한 대로 실체가 분명하고, 그리고……."

방청석 출입문 쪽이 시끄럽다. 사람들도 일제히 그쪽을 바라본다. 갯말댁과 여자들이 다시 들어오려는 모양이다. 정리가 저지하고 있다.

"들어오도록 해 주세요."

최정 판사가 큰 소리로 말하자 정리가 길을 터 준다. 갯말댁이 핏기 없는 얼굴로 들어와 자리에 앉는다. 최정 판사가 선고문을 다시 읽어 나간다.

"동촌마을은 마한 시대의 유적지로 아직도 발굴되지 않은 읍차(邑借) 등의 고분이 있을 것이고 동촌마을이 고향인 고고학자 이상호도 그곳 고분에 대해 누구보다 잘 알고 있었을 것입니다. 거기다 달빛 속에 벌어졌던 다툼 속에 사건의 전말이 드러나 있으므로."

최정 판사는 잠시 읽기를 중지한다. 위의 증거들이 충분한지 생각해 본다. 판결을 미룰 수도 있다. 언뜻 떠오르는 생각이 있다. '어느 쪽이 더 진실을 말하고 있는지 인간의 본성을 캐 보는 것이 좋지 않을까요. 인간도 달빛인 우리와 같이 자연의 본성을 가지고 있을 테니까요.' 달빛을 탐문했을 때의 기억이다. 최정 판사는 피고인 천장수와 피의자 이상호를 바라본다. 두 사람이 마음을 졸이는 듯 서로 눈길을 주고받고 있다. '판사의 양심에 흠결이 없다면 그대로 판결하세요.' 머릿속에서 달빛이 속삭이고 있다. 최정 판사는 마음을 정하고 선고문을 읽어 나간다.

"본 판사는 피의자 이상호에게 고고학자의 연구 성과를 이용하여 발굴되지 않은 고분을 도굴한 죄로 문화재보호법 제92조에 의거 5년의 유기징역을 선고하고 피고인 천장수에게는 문화재보호법 92조에 형법 제250조 미필적 고의에 의한 살인죄를 병과하여 유기징역 8년을 선고한다."

최정 판사가 선고를 마치자 방청석 왼쪽에서 고성이 터진다.

"저년! 저년! 저 배은망덕한 년!"

천 읍장 댁 할머니다. 허우적거리며 소리치더니 그 자리에 쓰러져 버둥거린다. 천장수 아버지를 비롯해 주변 사람들이 할머니를 안아 일으키고 법정에 있던 호송경찰이 달려간다. 그들 옆에 있던 최정 판사의 어머니는 어쩔 줄 몰라 발을 동동 구른다.

최정 판사는 아픈 가슴을 안고 법정을 나간다. 도굴된 고분이 밝혀져 고향에 새로운 역사가 정립되고 새 생명이 태어나 새로운 세상을 열기를 바라면서.

영산(靈山) 가는 길

●
●
●

어느 날엔가 인간들은 고향을 잃어버리리. 밤에도 수많은 태양이 뜨고 낮보다 더 밝으리. 어느 날엔가는 빛나는 눈을 가진 마귀들이 인간의 영혼을 사냥하리. 거리에서 마귀들의 눈이 반짝이리. 남자는 가슴을 잃고 여자는 사랑을 잃어버리리.

멀리 산속에서 흐르는 물소리처럼 머릿속에 흐르고 있는 소리다. 희미하게 들려오지만 뚜렷하게 의식할 수 있다. 남자는 그 소리를 따라 걷는다. 정신을 집중할수록 반복되는 소리는 더욱 또렷하게 들린다. 오래전에 들었던 할아버지의 노랫소리다.

겨울밤이면 할아버지는 손자들을 화덕 가까이에 앉혀 놓고 노래를 들려주었다. 어린 손자 손녀들은 무슨 의미인지도 모르고 따라 불렀다. 할아버지는 옛날 옛적 이야기도 해 주었다. 마을 사람들이 숲속에서 공동으로 잡은 검은 곰으로 잔치를 하고 노래를 부르며 춤을 추던 이야기였다. 남자는 알 수 없는 먼 날에는 마귀의 노래가 현실로 나타나리라는 무서움에 가슴을 졸이곤 했었다. 사냥꾼이 다 된 형은 아무런 흥미 없이 들었고, 여동생들은 무슨 이야기인지 모르면서 재미있어 했었다. 캄캄한 밤, 집 밖에서는 높이 솟은 나뭇가지에 쌓인 눈덩이가 바람에 쏟아져 내려오는 소리가 천둥 치는 소리처럼 들리곤 했었다. 지금은 갈 수 없는 북쪽 호수 주변의 산속 마을이었다.

남자는 Z시의 높은 건물 사이로 난 도로를 따라 걷고 있다. 아침 아홉 시가 조금 넘었는데도 쨍쨍하게 내리쬐는 햇볕이 뜨겁다. 남자는 흘러내리는 땀을 옆구리에 차고 있던 수건으로 닦는다. 아파트 단지 밖 상가들이 밀집해 있는 도로에는 가로수 하나 없다. 대부분이 24시간 문을 닫지 않는 무인점포들만 줄지어 있다. 사람들은 필요한 물건을 진열대에서 집어 카트에 싣고 와 가격표대로 돈을 통에 넣거나 카드를 긋는다. 그렇지 않으면 문이 자동으로 닫히고 그 사람의 얼굴이 카메라에 찍혀 중앙통제실로 전송되어 신용불량자로 기록된다.

남자는 마트에 들어가 필요한 것들을 사 들고 나와 영산(靈山)으로 간다. 영산에 가서 자신이 누구인지 확인해야 한다. 애틋한 사랑도 다정한 감정도 풋풋한 가슴도 잃어버렸기 때이다. 남자는 자신이 누구인지도 모른다. 아직도 이 도시에 적응하지 못했기 때문이다. 수많은 정교한 규칙에 적응하지 못했고 세련된 매너에 길들여지지 않았고 냉정한 지성에 미치지 못했다. 십여 년 동안 점점 외톨이가 되어 회사에서 버림받고 아내에게 무시당하고 있다.

아내는 철저하게 이 도시 사람이 되어야 한다고 누누이 말했다. 머릿속에 인공지능 칩을 넣어서라도. 그래야 이 도시 사람들과 소통하며 살 수 있다고 했다. 가슴도 필요 없으니 수술해서 떼어 내자고 했다. 감정이 사람들을 자극해 쓸데없는 오해를 산다는 것이다. 남자는 혼란스러웠다. 살다 보면 자연히 알게 되거나 적응될 거라고 생각했지만 살아갈수록 더욱 혼란스러울 뿐이었다.

아침부터 상점 안을 돌아다니고 있는 여자들은 유리벽 가까이 서 있는 마네킹과 구별이 되지 않는다. 거리의 사람들은 무표정하다. 남자는 십 년 넘게 살아온 Z시 사람들을 알 수 없다. 조각한 듯 차가운 얼굴에 인정이 없는 것 같지만 잘 만들어진 도시 규정에 따라 서로 소통하며 행복하게 살아가고 있다. 회사에서도 칸막이에 들어가 자판을 두드리는 것으로 자기가 맡은 일을 처리한다. 광통신망이 신속하게 업무를 연결해 주고 결재까지도 앉은 자리에서 받는다. 일을 마치면 팀원끼리 얼굴도 마주치지 않은 채 퇴근하는 것이 다반사다. 그래도 살아가는 데 불편한 것은 하나도 없다.

남자는 등에 멘 커다란 배낭에서 울리는 짤랑거리는 소리를 들으며 부지런히 걷는다. 한 시간여 걸어야 영산에 닿을 수 있다. Z시에는 여러 가지 교통수단이 있지만 남자는 고향을 생각하며 걷기로 했다. 앞으로 어떻게 살아갈지 걸으면서 생각하고 싶다.

점점 자신도 알 수 없는 사람이 되어 가고 있기 때문이다. 이방인처럼 살아온 도시다. 인성이 다른 사람들과 어떻게 살아가야 할지 아직도 알 수 없다. 배낭에는 각종 인스턴트 푸드와 과일들이 빵빵하게 들어 있다. 불룩한 배낭 겉으로는 물을 끓일 코펠과 물컵, 수건, 칼 등이 주렁주렁 매달려 있고 배낭 위에는 텐트와 깔개용 자리까지 높이 올라앉아 있다.

영산에 가서 하룻밤 자고 올 것이다. 아니, 그보다 더 오래 있을지도 모른다. 할아버지의 이야기가 간절하기 때문이다. 빛나는 눈을 가진 마귀들이 영혼을 빼앗아 간다고 했다. 사람을 사람이게 하는 영혼이다. 남자는 머리를 절레절레 흔든다. 고향에서는 나무에는 목혼(木魂)이 있고 풀에는 초혼(草魂)이 있고 꽃에는 화혼(花魂)이 있다고 했다. 오래전부터 전해 오는 이야기였다. 오랜만에 세나도 떠오른다. 오래전에 잃어버린 세나다. 서로 사랑했고 결혼을 약속했던 고향 처녀다.

남자는 2년 동안의 수업을 마치고 고향으로 돌아가야 했다. 그것이 교환학생의 조건이었다. 그러나 남자는 송이에게 발목을 잡히고 말았다. 남자가 처음 강의실에 들어갔을 때 만난 여학생이었다. 강의실은 어느 전시회에 온 것같이 기이했다. 꿈속 같다고 해야 맞을 것 같았다. 여학생들은 정교하게 만든 마네킹 같았고 남학생들은 나무로 깎아 만든 하얀 인형 같았다. 모두 검은 눈망울만 반짝였다. 강의실은 화사하고 회사 사무실같이 책상마다 컴퓨터가 놓여 있었다.

남자는 교수가 소개하는 동안 교단에 서 있었다. 삼십여 명 학생들의 의아한 눈빛이 한 몸에 쏠렸다. 갈색 피부에 근육질의 훤칠한 몸매가 이상한 모양이었다. 호기심인지 얕잡아보는지 모를 눈빛들이 반짝였다. 남자는 타이가지역 대학에서 온 '하칸'이라고 간단히 자기소개를 하고 뒷자리에 가서 앉았다. 앉고 보니 여학생 옆자리였다. 얼굴이나 몸매가 예술 작품으로 만들어 놓은 것 같은 아름다움이 느껴졌다. 냉정하면서도 이상하게 마음을 끄는 매력이 있는 여학생이었다.

송이는 Z시 남학생들 같지 않은 육체적 야성미와 순박한 얼굴에 기이한 느낌을 받았다고 했다. 남자는 그렇게 교실의 명물이 되었다. 남학생들에게는 배척의 대상이 되었지만 여학생들에게는 호기심의 대상이 되었다. 강의가 끝나고 쉬는 시간이면 여학생들이 하나둘 몰려들었다. 어떻게 생긴 사람인지 확인하고 싶은 모양이었다. 남자는 여학생들에게 떠나온 나라의 이야기를 해 주었다. 남자가 어렸을 때 할아버지와 아버지 그리고 어머니와 형제들과 함께 멀고 먼 북쪽 타이가지역(침엽수림지대)에서 사냥을 하며 살았던 이야기, 호수에서 물고기를 잡고 긴 겨울에는 숲속에서 며칠 밤을 자며 노루나 늑대를 사냥하기도 했던 이야기, 밤에는 숲속의 높은 나뭇가지 끝에 걸려 있는 달이 사람의 정기를 깨우기도 한다는 이야기였다. 남자는 할아버지가 당부하던 이야기도 들려주었다. 어디를 가서 살든 나무처럼 살아야 한다고. 굳세고 정직하게 뿌리를 내리고 커서 많은 사람들에게 도움을 주어야 한다고. 여학생들이 들어 보지 못했던 이야기에 끌려 점점 더 모여들었다. 남자는 점점 스타가 되어 갔고 옆자리 송이가 놓아주지 않았다.

남자도 점점 송이에게 빠져들어 갔다. 세나와는 비교가 되지 않았고 고향은 너무나 멀리 있었다. 송이의 신비로운 검은 눈동자가 놓아주지 않았다. 순진하고 거칠고 직선적인 세나와 달랐다. 남자는 졸업하고 본국에 돌아가지 않았다. 결혼하면 이 도시의 시민이 될 수 있었다. 남자는 그렇게 이 도시 사람이 되었고 졸업하는 학생들이 제일 선호하는 회사에 입사할 수 있었다. 남자는 그렇게 고향을 까맣게 잊고 있었다. 그런데 어젯밤에는 생각지도 않았던 꿈을 꾸었다.

아내와 밤새도록 말다툼을 하고 새벽녘에야 깜빡 잠이 든 때였다. 남자는 영산의 오솔길을 걸어가고 있었다. 겨울이었다. 나무들은 잎을 털어 버린 채 잔가지들을 하늘 높이 뻗고 있고 바닥에는 떨어진 낙엽과 하얀 눈이 푹신하게 쌓여 있었다. 산자락을 돌아갈 때였다. 뒤에서 푸드득 하는 소리가 들렸다. 깜짝 놀라 뒤를 돌아보았다. 순간 다시 '푸다닥 딱' 하고 정신없이 나는 소리와 함께 눈가루와 낙엽이 온 사방으로 날아올랐다. 아무것도 보이지 않았다.

다음 순간 몸이 갑자기 공중으로 달려 올라가는 것 같았다. 남자는 눈이 휘둥그러져 위를 올려다보았다. 날갯짓 한 번에 일이

미터씩 올라가는 커다란 흰꼬리수리가 크고 날카로운 발로 자신을 움켜잡고 하늘로 올라가는 것이었다. 고향 하늘에 자주 나타나던 새였다. 남자는 왠지 두렵지 않았다. 흰꼬리수리는 북쪽으로 날아갔다. 도시를 지나고, 언덕을 지나고, 벌판을 지나고, 강을 건너고, 산을 넘어 끝없이…….

얼마를 날아갔는지 몰랐다. 남자는 기쁨에 가슴이 뛰기 시작했다. 벌판을 지나는 동안 동쪽 하늘에 여명이 비쳤기 때문이었다. 흰꼬리수리가 갑자기 하강하여 하얀 눈밭에 내려놓고 어딘가로 사라져 버렸다. 남자는 정신을 가다듬었다. 차츰 눈에 들어오는 주변 풍경들, 바윗돌이 들쭉날쭉한 뒷산도 앞으로 펼쳐진 벌판도 낯설지 않았다. 하늘 높이 검게 우거진 수림도 그대로였다. 그런데 산 밑에 옹기종기 모여 있던 집들은 다 어디로 갔는지 보이지 않았다.

남자는 주변을 둘러보았다. 저만치 벌판 한가운데에서 눈을 헤치며 풀을 찾고 있는 순록들이 보였다. 남자는 누구라도 만날 수 있을 것 같은 마음에 순록의 무리가 있는 곳으로 내려갔다. 순록은 스무 마리였다. 남자가 집을 나올 때 가지고 나왔던 순록도 스무 마리였다. 스무 마리? 남자는 혼란한 상황을 설명해 줄 누군가를 찾아 두리번거렸다.

저만치 눈 속에 묻혀 있는 붉은 꽃나무가 보였다. 남자는 꽃나무가 있는 곳으로 다가갔다. 산자락 밑에 있는 꽃나무는 하얀 눈에 덮인 등불 같았다. 오므린 꽃잎 속에서 촛불이 타고 있는 모양이었다. 남자는 꽃을 손으로 건드려 보았다. 꽃 속에서 세나의 목소리가 들려왔다.

"당신은 왜 이제야 돌아왔나요?"

힘없는 목소리였다.

"지금까지 나를 기다렸다고?"

남자는 깜짝 놀랐다. 무슨 말을 해야 좋을지 몰랐다. 그때였다. 숲속에서 하얀 수염을 기른 노인이 걸어 나왔다. 할아버지였다.

"네 이놈! 어디 갔다 이제야 나타났느냐?"

청천벽력 같은 소리였다. 남자는 깜짝 놀라 눈을 번쩍 떴다.

"회사에 가서 어떻든 알아봐야 될 게 아냐! 잠이 와요? 잠이!"

아내가 방문 앞에 서 있었다. 남자는 정신을 차리고 일어났다. 시계는 여덟시 반을 가리키고 있었다.

"일을 못하면 죽은 듯이 있든지. 왜 부하 직원을 때려 이 지경으로 만들어 놔요. 도시에서 폭력이 얼마나 무거운 죄인지 알기나 해요? 그런데 아무 곳에도 쓸데없는 근육질을 함부로 써먹어요!"

아내가 계속 소리쳤다. 결혼 전에는 아내가 좋아했던 근육질이었다. 남자는 침대에 걸터앉아 어제 일을 생각해 보았다. 육개월 보직해임에 감봉 처분을 받았다. 보직해임이 끝나면 어디에 배치될지 모른다. 아마도 제일 하급직에 발령받을 것이다.

남자는 머리를 털며 일어났다. 머릿속에 제정신이 박혀 있는 것 같지 않았다. 정신은 어디로 간지 몰랐다. 맑고 똑똑하던 정신이 이 도시에 살면서 점점 변하여 내가 아닌 것 같은 느낌이 들 때도 있었다. 그제의 일만도 그랬다. 왜 자신의 몸에서 갑자기 손이 올라갔는지 몰랐다.

남자는 출근하자마자 과장에게 불려 갔다. 선임이 출근하면 조용히 만나 사과하려고 일찍 나갔었다. 순식간에 달아난 선임이 얼마나 다쳤는지 걱정되었기 때문이었다. Z시 사람들은 이성적이니까. 화해하면 없었던 일처럼 풀릴 줄 알았다. 그런데 과장이 먼저 출근해 있었다.

"자네! 회사, 아니 Z시에서 폭력이 얼마나 중대한 죄인지 아나?"

과장의 첫마디였다.

"조직을 무너트릴지도 모르는 심각한 일이야. 당신 그런 인격 가지고 회사에서 일할 수 있겠나?"

"그게 아니고 과장님……."

과장이 남자의 말을 막았다.

"아니기는 뭐가 아니야? 이선 사원이 얼굴이 피범벅이 되어 우리 집에 왔던데. 얼마나 억울했으면 그 밤에 집까지 찾아왔겠나?"

남자는 깜짝 놀랐다. 선임이 과장 집에 찾아갔을 줄은 꿈에도 몰랐다.

"인사위원회에 회부할 테니 할 말이 있으면 그곳에서 하게."

과장이 자리에서 일어났다. 남자는 멍하니 그 자리에 서 있었다.

인사위원회에서도 별반 다르지 않았다. 과장이 올린 보고서를 중심으로 심리가 이루어졌고 선동과 모의는 언급조차 없었다. 소명의 기회도 주어지지 않았다. 폭력은 중대한 사항이므로 어떤 이유도 통하지 않는 모양이었다. 도시에서 아주 오래전에 사라진 폭력이고 회사에서는 설립 이래 처음 발생한 일이라고 했다. 거기다 경고의 징계를 받은 것도 더해졌다. 결과는 무거웠다. 남자는 매일 보직도 없는 책상에 앉아 Z시와 회사의 수많은 규율을 베껴야 했고, 완벽한 개체로 다시 태어나겠다는 반성문을 써내야 했다.

"그러니까 내가 뭐라고 했어요? 감정은 모두 내버리라고 했지요."

아내는 단단히 화가 나 있었다. 좀처럼 큰소리를 내지 않던 아내였다. 남자는 사람으로 살면서 감정을 어떻게 떼어 버릴 수 있는지 알 수 없다.

"마음이 다르면 트러블이 생기고 감정을 드러내면 천박해 보인다니까."

아내는 계속 말했고 남자는 숨이 막혔다.

"사람에게 기쁘고 슬프고 즐거워하는 감정이 있어야 사는 재미가 있는 거지. 감정을 다 빼 버리면 그게 무슨 사람이야."

"그 계량할 수 없는 감정 때문에 사람이 얼마나 속물이 되는지 알아? 서로 미워하며 싸움질이나 하고. 감정 때문에 질투하고 속이고 다투고 살인하며 세상의 사건은 다 일으킨다고. 알겠어?"

아내가 받아쳤다. 남자는 답답했다.

"사람이 기계 부품이란 말이야?"

"한심하기는, 사람에게 지성이 있잖아. 지성이 사람을 더욱 사람답게 하고 모든 문제를 해결해 준다고. 그것도 모르는 정신을 개조하든지 가슴을 도려내든지 해야지."

남자는 밤새도록 아내와 말다툼을 했었다. 냉정하리만치 이지적인 아내였다.

"바이러스 침투도 그래요. 팀장이 그것도 찾아내지 못하고 전산 팀에 의뢰해 경고를 받아요?"

남자는 아내의 날카로운 말에 정신이 번쩍 들었다. 그제 카페에서 일부 팀원들이 속삭이던 말도 생각났다. 선임인 이선이 주도하고 있었다.

"십여 년을 살아도 이 도시에 적응하지 못하다니. 정신병원에 가서 머릿속을 개조하든지 해야지."

아내가 투덜거리며 주방으로 갔다. 남자는 아내가 하는 말을 이해할 수 없었다.

며칠 전의 일이었다. 남자 팀의 EDI(전자문서 교환) 시스템에 문제가 생겨 업무가 마비되었다. 누군가 바이러스를 투입시킨 것 같았다. 남자는 해결 방법을 찾지 못했다. 해킹 방지 팀에 의뢰해 샅샅이 뒤져 봤지만 외부 침투 흔적은 없었다. 팀 내에서 이루어진 일이라고 결론지었다. 누가 어떻게 침투시켰는지는 알 수 없었다. 남자의 실수거나 관리 잘못 외에는 달리 변명할 길이 없었다. 팀장인 남자는 그로 인해 경고 처분을 받았다. 남자는 허탈했다. 팀원들의 사기도 침체된 것 같았다. 그래서 남자는 퇴근 무렵에 기분풀이를 하자고 문자를 보냈다. 고향의 대학에서 흔히 하던 일이었다. 일이 끝나면 뿔뿔이 헤어져 얼굴도 잊어버릴 지경이던 팀원들이었다.

주류와 경양식에 음악이 흐르는 카페였다. 팀원들은 남자가 권하는 술에 취해 떠들썩했다. 처음 경험하는 것 같았다. 남자도 술이 오랜만이라 취하는 것 같았다. 구석 자리는 조명이 흐리고 분위기가 묘했다. 몇몇 모여 앉은 팀원들이 계속 뭔가를 속삭이고 있었다. 주도하고 있는 사람은 불빛이 흐린 구석에 앉아 있는 선임이었다. 선임은 남자를 흘낏흘낏 건너다보며 직원들에게 계속 속삭였다.

"분위기가 다운된 것 같은데 건배하고 즐거운 이야기를 나누자고. 서로 속닥거리지 말고. 자, 자. 건배!"

남자는 직원들의 관심을 끌어내려 했다. 그러나 분위기는 선임의 손에 있었다. 건배를 하는 척 술잔을 들고는 조금 지나자 자기들끼리 속삭였다. 남자는 귀를 세웠다.

"저 원시인 같은 인간이 팀장이라고 팀원들 족치기나 하지, 어떻게 업무 라인이 마비되었는지도 모르고. 저런 멍청이하고 일할 수 있겠니. 우리가 아무리 열심히 일해도 저 인간 때문에 평가를 제대로 받지 못한다니까."

선임의 속삭이는 소리가 남자에게까지 건너왔다. 남자는 술을 마셨다.

"그러게 말이야. 회사 평가에서도 업무 성적이 늘 꼴찌잖아."

다른 직원이 속삭였다.

"그래, 저 인간은 우리와 인격 자체가 달라. 한 세기 전 구식 부품 같다니까."

선임이었다. 남자는 기가 막혔다. 이심전심? 의식구조? 아니면 그들만의 신호체계? 남자는 팀 내 업무를 통제하고 여섯 명 팀원들의 의식과 신호체계를 장악하고 있다고 생각했다. 그런데 직원들끼리 전연 생각지도 못했던 의식이 모아지고 있었다.

"이선 씨! 나하고 나가서 바람을 좀 쏘이며 이야기할까요?"

남자가 넌지시 말했다. 속삭이던 팀원들이 모두 남자를 바라보았다.

"좋습니다."

선임이 벌떡 일어났다. 남자가 앞장서고 선임이 따라 나왔다. 카페 옆 작은 공터였다.

"이선 씨! 팀장이 그렇게 마음에 안 듭니까?"

남자가 단도직입적으로 물었다.

"예, 팀장님. 당신이 우리에게 해 준 게 뭐가 있습니까? 다른 팀에게 내내 뒤지기나 하고 말이야."

선임이 잘되었다는 듯이 대들었다. 모두가 자기편이라고 생각하는 것 같았다.

"그래, 내가 팀장 된 지 얼마 안 되어 서툴다 칩시다. 그래도 우리가 열심히 하면 따라잡을 수 있지 않겠습니까?"

"따라잡는다고? 당신 같은 얼치기로는 어림도 없지."

"얼치기라고! 그래서 팀원들을 선동했나?"

"팀원의 숨통을 조인 건 당신이야. 업무 체계도 모르는 당신 같은 원시인은 우리 일에 방해만 되거든."

선임이 벌겋게 달아오른 얼굴로 소리쳤다. 남자의 주먹이 선임에게 날아갔다. 남자도 모르는 순간이었다. 선임이 마른나무 쓰러지듯 땅바닥으로 나가떨어졌다.

"사람을 쳤다 이거지!"

선임이 벌떡 일어나 소리쳤다. 코에서 피가 흘러나오고 있었다.

"피, 피가……."

남자가 급히 손수건을 꺼내 피를 닦으려 했다.

"필요 없거든."

선임이 남자의 손을 뿌리치고는 어딘가로 달려갔었다.

남자가 사거리 앞에서 깜짝 놀란다. 영산까지 야산과 농장이던 푸른 벌판에 높은 건물이 들어서 있다. 남자는 눈을 둥그렇게 뜨고 주변을 살펴본다. 건물들이 끝도 없이 이어져 있다. 남자는 정신이 아득하다. 넓고 푸른 들판은 어디로 갔단 말인가? 떠나온 고향처럼 한없이 넓은 초원이었다. 염소와 양들이 풀을 뜯고 목동들이 말을 타고 달렸었다. 남자는 조금 전에 꾸었던 꿈을 떠올린다. 왜 그런 꿈을 꾸었는지 알 수 없다. 무섭게 소리치던 할아버지도 처음 보았다. 세나도 그토록 초췌한 모습일 줄은 몰랐다.

십여 년 전 겨울이었다. 남자는 눈보라 치는 벌판으로 순록을 방목하고 파오(이동식 천막집)를 지을 자리를 찾으러 나섰다. 세나와 결혼해서 살 자리를 찾기 위해서였다. 고향의 젊은이들은 결혼하면 독립하여 혼자 힘으로 살아야 했다. 남자는 방목지를 찾아 서남쪽으로 얼마를 왔는지 몰랐다. 언덕을 넘어서자 해가 지고 있었다. 남자는 야영을 해야 했다. 천막을 치고 메밀 빵과 순록의 젖을 먹고 잠은 순록의 털을 넣은 침낭 속에서 자면 되었다.

남자는 그곳에서 이상한 풍경을 보았다. 지친 눈에 헛것이 보이는가 싶었다. 멀리 보이는 것, 그것은 보고 또 보아도 하늘의 별빛보다 큰 빛들이 수없이 떠 있는 것이었다. 그는 난생처음 보는 풍경에 호기심을 이기지 못하고 낙타를 몰아 길을 재촉했다. 확인하고 돌아올 생각이었다. 그러나 가까이 보이던 불빛들은 의외로 멀리 있었다. 밤새 벌판을 가로지르고 강을 건너야 했다.

도착한 곳은 말로만 듣던 도시였다. 남자는 도로를 내달리는 자동차들과 촘촘히 늘어선 건물들에 압도당했다. 뒤를 따르던 낙타도 어디로 갔는지 보이지 않았다. 남자는 정신없이 시내를 돌아다녔다. 지나가는 사람들이 호기심에 찬 눈으로 바라보았다. 한참을 걷다 보니 가죽 공장들이 있는 거리였다. 가죽을 다듬어 무두질하고 염색하는 공장이었다. 공장 주인이 문 앞에서 얼쩡거리는 남자를 보자 가죽을 잘 다룰 줄 아는 유목민이라는 것을 단박에 알아차렸다. 주인은 남자에게 일할 생각이 있느냐고 물었다.

남자는 가죽 손질에 자신이 있었다. 어려서부터 순록이나 낙타의 가죽을 벗겨 손질하여 옷을 만들고 신발을 만드는 아버지 어머니를 도왔기 때문이었다. 남자는 희망에 끌리듯 공장으로 들어갔다. 두고 온 순록들과 목초지는 까마득한 곳에 있었다. 낮에는 가죽을 무두질하고 밤에는 학교에 다녔다. 고향에서 8년차 의무교육을 마쳤으므로 2년간만 더 공부하면 대학에 갈 수 있었다. 남자에게 행운이 이어졌다. 대학에 들어간 후 2년 만에 교환학생으로 Z시로 오게 된 것이었다.

남자는 지나온 날들을 생각하며 영산이 있는 방향을 향해 걷는다. 빌딩들이 길을 막고 있다. 남자는 빌딩을 돌아 좁은 길을 따라 걷는다. 영산은 보이지 않고 길은 미로처럼 얽히어 있다. 이리저리 찾아가도 이상한 빌딩들뿐이다. 거리에서 만나는 사람들도 하나같이 영산을 모른다고 한다. 알 수 없는 일이다. Z시 사람이 영산을 모르다니.

남자는 어느 지점인지도 모르는 곳에서 방황하다 건물에서 나오는 사람을 붙잡는다. 그런데 이게 누구인가? 돌아보는 그도 남자를 보고 놀란다.

"너! 근면 아니야?"

"자네가 여기는 어쩐 일인가?"

"이곳에서 일하는 거야?"

남자가 이상하다는 듯이 다시 묻는다. 지금 이 시각에 로봇 공장 사무실에 있어야 할 친구가 엉뚱한 곳에서 나오고 있기 때문이다.

"응. 얼마 전에 AI연구실로 옮겼지. 사무실이 이곳이야."

친구가 건물을 가리키며 말한다.

"그랬었나? 축하한다."

남자가 얼떨결에 손을 내민다. 친구도 무성의하게 남자의 손을 잡는다. 같은 대학의 같은 과에서 공부했고 같은 회사에 취직했던 유일한 친구다.

"아내가 자네 부부를 집으로 한번 초청하려고 하던데, 내 아내와 자네 아내가 대학 때 친하지 않았었나?"

친구가 남자를 위로라도 하려는 듯이 말한다.

"뭐 그럴 것까지야."

남자는 초청에 응할 생각이 없다.

"영산으로 가는 길이 어디지?"

남자는 영산을 찾아가는 것이 더 급하다.

"영산? 그런 산이 있었나? 모르겠는데."

친구가 엉뚱한 대답을 한다. 만났던 사람들 모두가 했던 대답이다. 남자는 의아한 생각이 든다.

"이 도시에서 태어난 네가 영산을 모른다고?"

"그런 산이 있었나? 한 번도 가 본 적이 없는데."

"나도 가 본 그곳을?"

남자는 알 수가 없다. Z시 사람들의 머리에는 영산이 없단 말인가. 아니면 아예 잊어버렸단 말인가?

"영산? 있다면 잘 찾아가 보게."

친구가 무심하게 말하고 어딘가로 부지런히 걸어간다. 남자도 서둘러 영산을 찾아 나선다. 도시 사람들이 모른다지만 영산은 분명히 있었다. 십여 년 전 남자가 대학에 다닐 때도 자주 찾아갔었다. 산에 오르면 내려다보이는 넓은 벌판이 고향의 풍경 같았다. 고향의 뒷산 같은 바위도 나무도 많았다. 낮에는 나뭇잎 사이로 반짝이는 햇빛이 영롱한 이슬방울 같았고, 밤에는 맑은 하늘의 별들이 고향의 이야기들을 전해 주었다. 세나 생각도 자주 했었다. 할아버지가 해 주던 이야기도 떠올리며 향수를 달래던 곳이었다.

도로 중앙으로 모노레일 차가 미끄러지고 가지각색으로 디자인된 차들이 소리도 없이 달리고 있다. 운전대도 없는 차들이 도로를 잘도 달린다. 가끔씩 지나치는 사람들도 신발에 스프링이 붙었는지 걷는 속도가 빠르다. 육체적인 힘은 하나도 쓰이지 않는 것 같다. 남자만 두 발로 어렵게 걸어가고 있다. 여자들은 얇은 옷차림에 예쁜 꽃이 달린 모자를 쓰고 있다. 꽃이 파랑개비인 듯 옆으로 지나쳐 가자 향긋한 바람이 인다. 사람들의 얼굴도 모두 비슷해 구별하기 쉽지 않다. 모두가 반들거리는 이마에 커다란 눈동자, 오뚝한 코에 얇은 입술을 가지고 있다. 여자들은 복숭아 꽃잎 같은 피부에 인형 같은 눈, 코, 입을 가지고 있다. 개성도 영혼도 없는 것 같다.

남자는 사람 냄새가 나지 않는 도시를 벗어나 빨리 영산에 가고 싶다. 그곳에 가면 꿈에서 보았던 흰꼬리수리가 고향으로 데려다줄지도 모른다. 그러나 길이 미로처럼 얽히어 어디로 가야 할지 알 수 없다. 남자는 한참을 헤맨 끝에 광장에 다다른다. 넓지 않은 광장 둘레로 건물들이 꽉 차 있고 네 방향으로 도로가 뚫려 있다. 광장 가운데에는 분수대 같은 높은 조형물이 서 있다. 그러나 다시 보니 물은 흐르지 않고 높이 앉아 있는 둥근 형상의 머리에서 은빛이 반짝인다. 새로운 도시를 컨트롤하는 박스가 들어 있는 것 같다.

남자는 광장 한가운데에 서서 어느 길로 가야 할지 망설이다 남쪽 길을 택한다. 영산이 있을 것 같은 방향이다. 건물들은 공장이거나 사무실 아니면 아파트인 것 같다. 도로 양쪽으로 높이 솟아 있는 건물마다 넓은 유리창 속에 녹색의 잎들이 출렁거리고 가지각색의 과일들이 매달려 있는 것도 보인다. 천장에서 비추는 엘이디 조명이 녹색 식물들을 더욱 선명하게 보여 주고 있다. 층마다 도시 사람들이 즐겨 먹는 야채를 기르는 빌딩이 있는가 하면 각종 꽃을 기르는 빌딩, 과일을 기르는 빌딩, 곡식을 기르는 빌딩이 있다. 이곳에 있던 농장을 건물 속으로 넣은 것 같다.

건물마다 붙어 있는 간판에는 '정보통신기술을 이용해 중앙 통제실에서 각각의 식물마다 필요한 온도와 습도, 빛의 밝기, 거름의 양을 자동으로 조절해 최상의 품질을 생산하고 있습니다.' 라고 씌어 있다. 남자는 길을 잘 찾았다는 생각이 든다. 전에도 농장 지대를 지나 영산에 갔었다. 남자는 기억을 더듬는다. 머릿속에 남아 있는 영산이다. 골짜기를 흐르는 물소리와 바람 소리가 정신을 맑게 해 주고 햇빛에 반짝이는 나뭇잎들과 싱그러운 꽃들, 그리고 밤하늘의 별들이 삭막해진 가슴을 적셔 주었다. 생명의 숨결이, 숨죽이던 영혼이 되살아나기도 했다.

그러나 영산은 보이지 않는다. 도로 양쪽으로 줄지어 선 건물들이 영산은 없다는 것을 말해 주고 있는 것 같다. 연푸른색 또는 연분홍색 건물들은 대부분이 연구실 겸 병원들이다. 병원에서도 연구를 하고 있는 모양이다. 정형외과와 성형외과는 물론 인간의 오감을 관장하는 기관들과 모든 장기를 전문으로 연구하고 치료하는 병원들이 줄줄이 늘어서 있다. 출입문 옆에 붙어 있는 진료 안내를 보니 치료뿐이 아니라 못쓰게 된 장기는 인공장기로 교체해 준다고 한다. 안과에는 인공눈이 있고, 정형연구소에는 인공뼈가 있고, 성형연구소에는 인공 피부가 있고, 심혈관 치료에 인공피를 이용할 수도 있다는 것이다.

남자는 적이 놀란다. 사람을 인공으로 다 만들 수 있다는 말 같다. 연구소마다 사람들이 들어가고 나오고 있다. 남자는 혼란스럽다. 길을 잘못 들었다는 생각이 든다. 그러나 다른 길은 없다. 좀 더 들어가자 둥근 모양의 커다란 공들을 여러 개 쌓아 놓은 것 같은 건물이 있다. 온통 연초록으로 칠해진 건물에 '성격연구소'라는 간판이 붙어 있다. 현수막에는 푸른 글씨로 '당신의 성격을 테스트하고 교정하여 드립니다. 성격은 사람 사이의 윤활유입니다. 당신의 성격을 교정하여 Z시에 잘 적응하도록 해 드리겠습니다.'라고 씌어 있다. 남자는 그 자리에 멍하니 멈추어 섰다.

"시술을 받으러 오셨지요? 들어가시지요."

연분홍 옷을 입은 아가씨가 남자에게 말한다. 남자는 머리를 절레절레 흔든다.

"사모님께서 부탁 전화가 왔었는데요."

여자가 팔을 붙잡아 끌어들이려 한다. 남자가 뿌리치고 앞으로 나간다. 다음 건물은 둥근 돔 모양의 큰 건물이다. 커다란 문 위에 '정신연구소'라고 씌어 있다. 안내 현수막에 '당신의 정신을 검색하고 개조하여 드립니다. 정신은 인간을 인간이게 하는 원천입니다. 우리는 당신의 뇌 속의 뉴런을 개조해 보다 완벽한 인간으로 만들어 드립니다.'라는 문구가 쓰여 있다. 남자는 정신이 멍해진다. 뇌를 인위적으로 개조한다고? 뇌는 부모님이 만들어 준 것인데. 그것을 개조해 내가 아닌 다른 사람으로……?

"자, 들어오시지요. 시술은 아주 간단합니다."

연분홍 옷을 입은 사내가 남자를 끌어들인다.

"아, 아닙니다."

남자가 깜짝 놀라 사내의 손을 뿌리친다.

"부인 되시는 분이 부탁했습니다. 꼭 개조해 달라고."

사내는 막무가내다. 꼭 그렇게 해야 할 의무라도 있는 것처럼. 남자는 그런 사내를 뿌리치려고 안간힘을 쓴다. 그러자 또 하나의 사내가 나와 남자를 붙잡는다. 남자는 두 명의 사내를 당해 낼 수가 없다.

수술실은 눈이 부시도록 환하다. 남자가 정신을 차리는 사이에 두 명의 젊은 사내들이 합세하여 남자를 번들거리는 스테인리스 수술대에 똑바로 눕히고 손과 발을 고정대에 묶는다. 남자는 꼼짝할 수 없다. 눈에도 검은 안대가 씌워진다.

"잠시만 참으면 됩니다. 수술은 간단하니까요."

의사가 들어온 것 같다. 다른 사람의 목소리다.

"이제 당신을 쓸데없는 꿈과 환상에 빠지지 않도록 할 것입니다. 현실을 살아가는 당신의 정신을 Z시의 신호체계에 맞도록 개조하여 편안하고 안락하게 살도록 해 드릴 겁니다."

의사가 설명하고 이마 위에 알 수 없는 기계가 설치된다. 머릿속에서 할아버지의 이야기가 환영처럼 지나간다. 그러나 남자는 이제 어찌할 수 없다. 이마가 뜨거워지기 시작한다. 그리고 어느 순간에 정신을 잃었는지 잠이 들었는지 모른다. 시간이 얼마나 지났는지도 알 수 없다.

"이제 끝났습니다."

의사의 말에 눈을 뜨자 정신이 청명하다. 환상의 세계를 보는 것 같다. 의사도 간호사도 오래전에 알고 있었던 사람들처럼 친근하게 느껴진다.

"앞으로 생각의 갈등 없이 행복하게 살 수 있을 겁니다."

의사가 문밖까지 나와 배웅해 준다. 밖으로 나오자 세상이 새롭게 보인다. 오고 가는 사람들도 오래 사귄 것처럼 생각과 마음을 알 수 있을 것 같다. 고향도 세나도 까마득히 사라지고 그리움도 슬픔도 기쁨도 느껴지지 않는다. 아내를 생각하자 아내가 지금 무엇을 하고 있는지 무슨 생각을 하고 있는지 느껴진다. 팀원들이 자신을 왜 배척했는지도 알 수 있을 것 같다. 남자는 그렇게 다른 사람이 되어 도시로 들어가고 있다.

실종

현아가 집에 오지 않았다. 너는 가슴이 타들어 간다. 누군가에게 납치당했을지도 모르기 때문이다. 그렇지 않고는 현아가 이렇게 깜깜무소식일 리가 없다. 너는 거리에 나와 있다. 회사가 비상 상황이지만 현아를 찾아야 하기 때문이다.

너는 오전 근무를 마치고 계장들에게 하루의 작업량을 일일이 지시하고 선임계장에게 너를 대신해 작업 공정을 잘 관리할 것을 단단히 부탁하고 나왔다. 부장은 '경찰이 알아서 찾아 줄 것인데 자네가 꼭 나가야 하나? 이 바쁜 상황에.' 하며 이맛살을 찌푸렸다. 너는 그런 부장에게 어떻게 대응해야 될지 몰랐다. 당장 생각으로는 '당신은 자식이 어디에서 무슨 일을 당하고 있는지 모르는데 태평히 있을 수 있겠습니까!' 하고 분통을 터트리고 싶었다. 하지만 너는 현명한 현아가 생각났기 때문에 참았다. 너의 분신과 같은 현아다. 너는 때때로 현아의 생각을 빌려 과원들의 불협화음을 통솔해 왔다. 때로는 잘못을 문제 삼지 않는 관용으로, 때로는 배짱 있게 밀고 나가는 강단으로, 때로는 애로를 품어 주는 마음으로. 현아는 그 조합을 잘 알았다. 그러므로 너는 지금까지 과원들을 무난히 통제해 왔다. 연일 계속되는 야간작업에 불만이 많은 직원들이었다.

너는 부장에게 사정했다. 일은 잘 진행되고 있다고, 그러니 잠시만 나갔다 오겠다고. 아이를 찾으면 밤샘을 해서라도 공기를 맞추겠다고. 부장은 그때까지 내가 지키고 있어야 되느냐고 화를 냈다. 너는 죄송하다고 빌며 겨우 허락을 받았다.

너는 어디로 가서 현아를 찾아야 할지 막막하다. 네 앞을 지나가는 사람들은 무심하다. 뭐 이런 것을 주느냐고, 귀찮은 듯이 네가 간절한 마음으로 주는 전단지를 받아 들고는 하소연할 사이도 없이 지나간다. 너는 '이 아이! 어디선가 본 것 같습니다.' 하고 말해 주는 사람이 나타나기를 간절히 바라지만 그런 사람은 한 명도 없다. 무엇이 그렇게 바쁜지, 왜 그렇게 남의 불행에 관심이 없는지, 사람들의 냉정한 모습에 너는 가슴이 타들어 간다. 현아가 어딘가에서 혹독한 고통을 당하고 있을 것 같기 때문이다. 네가 모르는 어딘가에서.

너의 예감은 틀린 적이 없었다. 현아에게만은 그랬다. 한 번도 너의 예감이 어긋난 적이 없었다. 애틋한 정이 있어서 그럴지도 모른다. 현아가 도서관이나 서점에 가 있거나 독서실에서 공부하고 있거나 혹은 시장에 가거나 집에서 일을 할 때 너는 그러리라 했고, 전화를 해 보면 너의 생각대로 현아는 그곳에 있었다.

그러나 지금 너의 머릿속은 먹통같이 캄캄하기만 하다. 현아가 왜 사라졌는지, 어디에서 무슨 일을 당하고 있는지 알 수 없다.

　너는 현아가 중학교 2학년 중간고사를 끝내고 일찍 집에 와 있을 줄 알았다. 시험이 끝났으니 가벼운 마음으로 밀린 빨랫감도 세탁기에 넣어 돌리고, 집안 청소도 하고, 오빠도 챙겨 주고 있으리라 생각하고 있었다. 현아는 성실하고 현명하고 사려 깊은 아이다. 딸이어서 과장되게 생각하는 것이 아니다. 너는 현아를 대할 때마다 그런 생각이 들곤 했다.

　너는 그런 현아를 믿고 밤늦게까지 회사에 남아 있었다. 납기가 지연되고 있는 반응 탑 등 수주한 기기들을 하루라도 빨리 제작해야 하기 때문이었다. 납품 날짜에서 지연되면 페널티를 물어야 하고 하루가 지날 때마다 페널티가 눈덩이처럼 불어났다. 너는 불만이 쌓여 가는 과원들을 다독여야 했다. 매일 힘든 하루하루였다. 현아는 그때까지 너를 기다리며 공부하고 있었고 때로는 너의 애로를 상담해 주기도 했다.

　밤 열한 시, 네가 지친 몸으로 집에 오니 집안이 썰렁했다. 마치 아무도 살지 않는 집 같았다. 너는 헛기침을 했다. 그리고 거실 벽을 더듬어 불을 켰다. 그래도 방에서 튀어나올 것 같은 현아는 모습을 나타내지 않았다. 너는 현관을 가로지르며 현아를 불렀다. 그러자 문을 벌컥 열고 나온 현진이 불만을 터뜨렸다. 그때까지 컴퓨터 게임을 하고 있었던 것 같았다.

"아빠! 현아가 오지 않았어. 저녁도 못 먹었어. 잉……."

고등학교 1학년인 현아의 오빠다. 두 살이 되기 전에도 말을 제법 잘하고 세 살이 되면서 글자도 빨리 익혀 제 엄마가 자랑스러워했었다. 가르쳐 준 글자들도 척척 알아맞혔고 차를 타고 갈 때도 '저기 가 있다. 저기 아 있다.' 하며 소리치던 아이였다. 그러나 행동이 산만하고 한자리에 일 분도 앉아 있지 못했다. 집중력이 없어 공부도 제대로 하지 못했다. 성격이 거칠어지며 자기 하고 싶은 것만 고집했다.

제 엄마는 그런 아이의 성격을 고쳐야 한다고 안달복달했다. 그러면서 비싼 한약을 사다 먹였다. 그렇게 수선을 떨었지만 아이는 오히려 지진아가 되어 갔다. 검진 결과 지적장애 판정을 받았다. 엄마는 그런 현진을 보면서 죽는 날까지 현진을 위해 살겠다고 했다. 그러나 엄마 없는 현진은 끈 떨어진 연같이 되고 말았다.

"현아는 어디 갔는데?"

"몰라. 안 왔어."

"현아가 집에 오지 않았다고?"

너는 가슴이 덜컥 내려앉았다. 허둥지둥 핸드폰을 꺼내 현아에게 전화를 걸었지만 '기쁨이 되는 날' 하는 벨 소리는 현아 방에서 울렸다. 시험을 본다고 핸드폰도 가지고 가지 않은 모양이다. 너는 경찰서부터 찾아갔다.

"요즈음 아이들은…… 자유분방하고 친구 관계도 많으니…… 함께 놀러 가서 밤을 새웠을지도 모르지요. 그러니 좀 더

기다려 보시지요."

의자에 몸을 의지해 졸고 있던 경찰이 느긋하게 말했다. 너는 현아는 그런 아이가 아니라고 설명했다. 경찰은 듣는 둥 마는 둥 했다. 너는 회사에 가서도 잠시 외출을 나와 경찰서에 갔다.

"청소년 실종의 대부분이 단순 가출인 경우가 많습니다. 그래서 우리가 김현아의 행적을 추적해 보았습니다."

경찰이 하는 말이었다. 현아의 학교 친구들과 현아를 보았다는 사람들에게 탐문을 벌였다는 것이다. 그렇게 해서 백화점 광장까지 행적을 찾아냈다고 했다. 그러나 그 후의 자취는 오리무중이었다. 경찰도 더 탐문하겠다는 말만 했다. 현아가 누군가에 의해 납치되었을지도 모른다는 생각이 너의 머릿속을 헤집었다. 너는 삶이 무너지는 것 같았다. 엄마도 없이 현아와 겨우겨우 꾸려 가는 삶이었다.

희망산업주식회사에서 수주한 반응 탑은 높이가 35미터에 둘레가 9.5미터나 되는 것이었다. 연속촉매반응 탑이라서 내부 구조도 복잡했다. 촉매제가 부식성이 강한 물질이므로 특수코팅도 해야 된다고 했다. 거기다 좀 작은 열 교환 탑과 크고 작은 저장탱크까지 포함되어 있었다. 수주 과에서 제시한 납품 시한은 이십오 일이었다. 발주처에서 공장 준공 일정에 맞추려면 그 안에 납품해야 한다는 조건이라고 했다.

네가 생각하기에 그 기간은 너무나 짧았다. 하지만 회의를 주재한 상무이사 공장장은 회사의 저력과 기술력을 보여 주기 위해서라도 한번 해 보자고 했다. 부장도 놓칠 수 없는 건이니 어떻게 해서라도 납기 내에 제작을 하자며 공장장의 말을 거들었다. 모두 무책임한 말이었다. 책임은 모두 제작과장인 네가 져야 했다. 너는 물리적으로 불가능하다고 강하게 어필해야 했지만 우물쭈물했다. 밤늦게까지 잔업을 해서라도 공정을 맞추라는 공장장의 지시에 속수무책이었다.

너는 회의장 분위기를 바꿀 만한 요령도 배짱도 없었다. 제작과장이 된 지 이제 5개월이기도 했지만 그보다 너는 요령부득이었다. 머릿속 어딘가에 알 수 없는 두려움이 들어 있기 때문이었다. 거기다 고지식했다. 맹목적인 열정에 허무맹랑한 것을 믿는 편이었다. 그래서 너는 어떤 일이나 전력 질주했고 성과도 거두었다. 북과 징, 꽹과리가 울리고 어머니가 오색 옷을 입고 춤을 출 때면 너의 몸에서 살아나던 기운이었다. 철판 가공 제작에도 너를 따라올 직원이 없었다. 밴딩(bending)과 선반 그리고 밀링과 조립 작업까지 두루 거친 너였다.

그러므로 너는 현장 작업자들이 너와 같이 자기 직분을 충실히 이행한다면 가능하리라 생각했다. 모두 너와 같은 마음일 것이라고 믿기 때문이었다. 너는 그런 외골수 성격 때문에 직장 동료들에게 무시당하고 따돌림당하기도 했었다. 네가 사십 중반이 되어 과장이 된 것도 그 때문이었다. 그러면서도 마흔다섯 명 직원들을 관리하며 제작 과장을 무리 없이 수행하는 것은 현아 때문이었다.

제작과 계장들은 왜 회의 때 말 한마디 못하고 무리한 작업을 받아들였느냐고 항의했다. 현장 직원들도 매일 야간작업을 해야 되느냐고 불만을 터트렸다. 너는 그런 직원들을 관리해야 했다. 너의 능력으로는 어림도 없는 일이었다. 그러나 너는 현아를 믿었다. 현아가 도와주기 때문이었다. 현아는 엄마 판박이였다. 그러던 현아마저 갑자기 사라졌다. 너의 딸이면서 너의 조언자인 현아가, 너를 다 개조해 놓지도 못하고, 네 속에서 빠져나가듯이 사라졌다. 엄마가 저세상으로 간 지 3개월이 되는 날이었다.

반응 탑 제작은 처음부터 지연되고 있었다. 회의 때 자재를 당장 공급하겠다던 조달과장의 말과 달리 반응 탑 재료인 특수 강판부터 늦어지고 있었다. 제작과장인 너만 수주 과장의 독촉에 진땀을 빼고 있었다. 부장도 퇴근하지 않고 사무실에 남아 너와 조달과장을 닦달했다. 너는 매일 직원들과 함께 밤늦게까지 동분서주하며 온 힘을 짜냈다. 반응 탑 내부의 복잡한 설비를 한 치의 오차도 없이 설치되도록 해야 하고 부품의 밀링가공, 배관의 굴곡 작업, 철판과 설비의 특수용접 등 정확도를 기해야 할 일이 많았다.

날이 지나면서 현장 작업자들은 지쳐 가고 있었다. 몸체를 만드는 철판가공 팀과 부품을 만드는 선반과 밀링 팀 그리고 배관용접 팀이 유기적으로 움직여야 하는데 맞물려 돌아가지 않았다. 계장들은 서로에게 책임을 떠넘겼다. 부품의 가공 성능이 떨어지고 불량품도 나왔다. 작업자의 기능 부족인지 게으름을 부리는 것인지 몰랐다. 너는 그들을 조율해야 했다. 외골수로 될 문제가 아니었다. 통 큰 리더십이 필요했다.

나태해진 작업자들이 게으름을 피우기 시작했다. 거기다 밤늦은 시간이면 약삭빠른 작업자들이 집에서 필요한 물건들을 야금야금 만들어가기도 했다. 너는 그들을 잡아냈다. 너의 머릿속에는 이천 평이 넘는 작업장이 훤히 들어앉아 있었다. 어디서 누가 무슨 일을 하고 있는지 안 보고도 알 수 있다. 네가 예감한 곳에 가 보면 다른 짓을 하는 작업자가 있었다. 너는 당장 감봉으로 처리해서 다른 작업자들에게 본보기를 보여 주고 싶었지만, 현아는 그렇게 하면 안 된다고 했다. 어려운 때일수록 아량으로 작업자들의 마음을 끌어모아야 한다는 것이다. 너는 그들에게 주의를 주고 힘을 합쳐 계약 기간 내에 맡은 일을 해내자고 했다. 우리들의 저력을 보여 주자고 격려해 주었다. 현아의 주문이었다.

너는 외골수 천성 때문에 진급 때마다 누락되었다. 반장이 될 때도 계장이 될 때도 과장이 될 때도 그랬다. 너는 상사의 비위를 맞출 줄도, 아부할 줄도 몰랐다. 경쟁자를 어떻게 견제해야 하는지, 동료들에게 어떻게 마음을 붙이며 인심을 얻어야 하는지 몰랐다. 너에게는 그렇게 처신할 재주가 없었다. 어려서부터 홀로 커 왔기 때문이었다. 너는 아버지가 누구인지도 모른다. 너는 어머니의 굿마당을 따라다니며 컸다.

그렇게 살아온 너에게 온 아내는 약고 똑똑한 여자였다. 때로는 섬뜩할 정도로 사리 판단을 잘하고 이득이 되지 않으면 냉정하게 잘라 냈다. 반면에 사람들에게 호감을 사는 방법을 알았다. 상냥하고 재치가 있기 때문이었다. 사람들의 마음을 휘어잡을 수 있는 기지도 가지고 있었다. 그러므로 자신의 마음을 좀처럼 내보이지 않으면서도 사람들과 어울릴 줄 알고 사람들의 마음을 살 줄 알았다. 너는 그런 여자를 너의 아내로 얻은 것은 신령님이 주신 복이라고 생각했다.

　네가 겨울 셔츠를 사러 백화점에 갔을 때였다. 남성복 매장에 있는 아가씨는 상냥하고 친절했다. 네가 겨울용 셔츠를 주문하자 골라 주는 옷은 티셔츠 스타일이었다. 너는 입고 벗기가 불편해 와이셔츠 스타일을 찾았다. 그러자 아가씨가 정감 어린 말로 이것이 올겨울 대세라며 안에 보풀이 돋아 있어 따뜻하니 한번 입어 보자고 했다. 너는 얼결에 점퍼를 벗었고 아가씨가 입혀 주는 셔츠를 머리에서 자루처럼 뒤집어썼다.
　안경이 밑으로 내려가고 팔을 끼는 것도 불편했지만 아가씨가 도와주며 얼마나 따뜻하고 편안하냐고 물었다. 입고 보니 참으로 따뜻했다. 아가씨가 참 세련되어 보인다며 너를 거울이 있는 곳까지 안내했다. 티셔츠 스타일이지만 칼라까지 있는 것이 보기에 좋았다. 거기다 천이 두껍고 안으로 보풀이 있어 아무리 추워도 이것 하나에 점퍼만 입으면 될 것 같았다. 아가씨도 그것 보라며 따뜻하고 멋있지 않느냐고, 한번 돌아보라고 너를 돌려

세우기까지 했다.

그사이에 매장으로 사람들이 몰려들었다. 친절하고 상냥한 판매원에 이끌렸는지 아니면 아가씨의 말대로 너에게 사람들을 끄는 무언가가 있는지 모를 일이었다. 아가씨는 신이 났고 손님들은 이것저것 많이 사 갔다. 늦게야 너에게 계산을 해 준 아가씨는 손님들을 끌고 왔다며 십 프로를 할인해 주겠다고 했다. 너는 아가씨의 마음씨가 고마웠다.

너는 그다음에도 그 매장에 들렀다. 패딩 점퍼도 사야 했기 때문이었다. 아가씨도 금방 알아보고 반가워했다. 점퍼도 아가씨가 진열대에서 이것저것 가져다 입혀 주고 벗겨 주며 골라 주었다. 너는 골라 준 점퍼가 마음에 들었다. 아가씨도 거울 앞에 서 있는 너를 보고 몸매가 좋으니 옷도 살아난다고 칭찬을 해 주었다. 너는 살아오면서 누구에게도 받아 보지 못한 대접을 받는 느낌이 들었다. 가격도 생각보다 비싸지 않았다. 아가씨가 점퍼를 종이 백에 넣어 주면서 내일은 쉬는 날이라고 했다. 만나자는 말 같이 들렸다. 너도 시간이 있으면 저녁이라도 사고 싶다고, 점퍼를 골라 준 보답이라고, 생각지도 않았던 말을 했다.

밖에서 만난 아가씨는 날씬하고 예뻐 보였다. 매장에서 보았을 때와는 다른 모습이었다. 설렁탕을 먹으며 아가씨가 농담처럼 말했다. 이렇게 고열량을 먹으면 안 되는데 오랜만에 먹으니 참으로 맛있다고, 판매원은 몸매와 외모 관리를 철저히 해야 된다고, 서로 경쟁도 심하고 매달 판매 실적에서 밀리면 재계약에서 탈락할 수도 있다고, 줄줄이 말했다. 마치 전에부터 알고 있는 친구처럼. 그러면서 그쪽이 다녀간 후로 매출이 부쩍 늘어 안심이 된다며 좋아했다. 너도 기분이 좋았다. 그래서 너는 복만덕이라고 자신을 소개했다. 어머니가 지어 준 이름이었다.

아가씨는 오복순이라고 했다. 새로 들어간 집에서 오복이 들어오라고 지어 주었다고 했다. 너는 아가씨의 말이 이상했지만 별로 신경이 쓰이지 않았다. 어리석고 고지식하고 요령부득인 너에게 오복순 같은 아가씨가 필요하다는 생각만 했다. 너는 자식들에게 너의 성격을 물려주고 싶지 않았다. 세상을 살아 나가려면 다른 사람들과 부대끼며 어울려야 하고 이용당하지 않아야 한다는 것을 터득했기 때문이었다.

그런 너에게 오복순은 그야말로 오복(五福) 같다는 생각이 들었다. 그러나 오복순이 너에게 오기까지는 반년이 걸렸다. 그사이 네가 전화를 자주 했고 오복순이 쉬는 날에 만났다. 오복순도 너의 정직하고 성실한 태도가 마음에 든다고 했다.

막내로 태어난 현아도 엄마를 닮아 예쁘고 똑똑했다. 작은 얼굴에 눈동자만 유독 검었다. 예쁜 웃음에 재잘재잘 말도 잘했다. 호기심도 많고 사물을 알아 가는 속도도 빨랐다. 초등학교에 다니고 중학교에 들어가면서 더욱 똑똑한 아이가 되어 갔다. 생각의 옳고 그름과 사람들의 겉과 속을 잘 알았다. 너처럼 사람들에게 무시당하고 이용당하지 않았다. 친구들과 어울릴 줄 알고 친구들을 휘어잡을 줄 알았다.

너는 그런 현아를 보면서 세상을 살아가는 방법을 터득해 나갔다. 현아가 커 가는 것을 보면서, 현아가 생각하고 행동하는 것을 보면서, 현아의 생각 하나하나를 현아의 행동 하나하나를 받아들이면서 너를 개조하기 시작했다. 현아의 자신 있는 행동을 보며 너의 두려움을 잘라 내고, 현아의 활달한 모습을 보며 너의 주변머리 없는 성격을 걷어 내고, 당당하고 너그러운 마음을 보며 주눅 들고 옹졸한 마음을 잘라 내고, 지혜롭고 현명한 것을 보며 너의 어리석고 융통성 없는 성격을 개조해 나갔다. 그렇게 십 년 가까이, 너는 변해 갔고 다른 사람이 되어 갔다.

회사에서도 너의 위상이 달라지기 시작했다. 너는 주눅 들지 않고 자신감 있게 사람들을 대했다. 사람들에게 너의 속을 내보이지 않았다. 옹졸한 마음을 풀고 대범하게 사람들을 대했다. 그러자 사람들은 너에게 끌려오기 시작했다. 너의 눈에 그런 사람들이 보이기 시작했다. 모두가 제각각 생긴 대로였다. 너는 그런 사람들의 마음을 읽기 시작했다. 마음을 읽으니 대처할 요령도 생겼다. 마음이 넓은 사람과 좁은 사람, 둥근 사람과 모난 사람, 거친 사람과 약한 사람, 정직한 사람과 야비한 사람. 너는 그들에게 걸맞게 대응했다. 그러다 보니 자연스럽게 사람들을 장악할 수 있었다.

너는 그렇게 해서 회사의 핵심 부서인 제작과장이 되었다. 너의 오랜 숙련과 현아에게서 습득한 관리 능력 때문이었다. 작업장 분위기도 변하기 시작했다. 너는 그들의 애로 사항을 들어 주고 총무과에 요청하여 무더운 낮에는 수박을 먹이고 밤에는 커피를 직접 타다 돌리기도 했다. 너는 그렇게 열심히 살았고 아내없이도 현아와 함께 삶을 개척해 나갔다.

백화점 광장에 사람들이 많다. 현아 엄마가 사고를 당한 곳이기도 하고 현아가 최종적으로 목격된 곳이기도 하다. 경찰의 탐문 조사에서 현아를 처음 본 사람은 학교 정문 수위였다. 수위는 학생들이 모두 집으로 돌아간 빈 운동장 플라타너스 나무 아래에 여학생이 있어 가 보았다고 했다. 여학생은 나무 둘레로 설치한 긴 의자 위를 폴짝폴짝 뛰면서 '푸른 하늘 은하수 하얀 쪽배에' 노래를 부르고 있었다고 했다. 수위가 '너는 왜 집에 가지 않고 여기서 이러고 있느냐?' 하고 묻자 여학생이 책가방을 들고 교문을 나갔다는 것이다.

그날 현아는 이상한 행동을 했다. 시험이 끝나 마음이 풀렸는지 아니면 엉뚱한 생각에 잠혔는지 몰랐다. 마지막 시험이 끝난 12시였다. 교실 안은 책가방을 챙기는 소리, 걸상이 밀리는 소리, 시험을 망쳤다고 투덜거리는 소리, 시험이 시원하게 끝났다고 환호하는 소리로 시끌벅적했다. 아이들은 그렇게 끼리끼리 몰려 교실을 나갔지만 현아는 창가의 자기 자리에 그대로 앉아 있었다. 창문 밖 화단에는 가지각색의 꽃들이 밝은 햇빛을 받아 선명한 색채들을 자랑하고 있었다. 금낭화, 은방울꽃, 쑥부쟁이 같은 우리나라 야생화들이 있는가 하면 주홍 원추리와 붉은 백일홍과 하얀 백합꽃들이 무리 지어 피어 있었다. 장미꽃도 뜨거운 햇살을 받아 더욱 빨갛게 물들어 있었다.

"현아야! 너 왜 그러고 있어? 우리도 빨리 가자."

같은 아파트 단지에 사는 미숙이, 미경이, 선아였다.

"너는 이번에도 올백이겠지?"

선아가 부러워했다.

"시험이 끝났으니 우리 놀이동산에 놀러 갈까?"

미경이 현아의 손을 잡아끌었다. 그러나 현아는 꼼짝도 하지 않았다. 친구들과 놀러 가기 싫었다. 그렇다고 집에 가기도 싫었다. 가 봐야 밥을 차려 줄 오빠도 없을 것이고 청소할 것도 밀린 빨래거리도 없기 때문이었다.

"너희들 먼저 가 봐. 선생님이 할 말이 있다고 교무실로 오랬어."

현아는 거짓말을 했다.

"선생님이 무슨……?"

"계집애가 센티하기는…….'"

"너 왜 안 하던 짓을 하고 그래."

친구들은 한마디씩 말하고 나갔다. 창밖의 하얀 나비에 붙잡혀 있는 현아의 마음을 모르고 있었다. 하얀 나비 한 마리가 꽃들 위로 날아다니고 있었다. 호랑나비도 한 마리도 날아다녔다. 호랑나비는 금방 어딘가로 날아가 버리고 보이지 않았다. 하얀 나비만 이리저리 날아다녔다. 활짝 펼쳐진 날개의 윗부분에 연노란 색의 띠를 두른 나비였다. 엄마가 말한 나비 같았다. 나비가 꽃송이 위에 앉았다 날며 창문 쪽으로 점점 가까이 다가왔다. 현아에게 나오라는 것 같았다.

현아는 나비를 소재로 썼던 시를 떠올렸다. 국어 시간에 선생님이 나비를 소재로 시든 산문이든 쓰라고 했었다. 하얀 나비는 죽은 사람의 영혼이고, 노랑나비는 사랑과 희망을 뜻하고, 호랑나비는 기쁨과 행복을 상징한다고 했다. 그러니 어떤 나비든 하나를 잡아 글을 쓰라고 칠판에 커다란 글씨로 하얀 나비, 노랑나비, 호랑나비를 써 놓았다. 현아는 하얀 나비를 소재로 시를 썼다. 저세상으로 간 엄마가 생각났기 때문이었다.

세상에서 제일 아름다운 너
원초의 꽃밭에서
꽃향기로 영혼을 물들이고
순백의 날개로 살랑살랑
내 속으로 날아온 너는
어머니의 영혼

그다음은 생각이 나지 않았다. 멋지게 쓸 수 있을 것 같았는데 잘 되지 않았다. 앞에 쓴 문구들도 마음에 들지 않았다. 선생님은 상징과 은유로 이루어진 시가 좋은 시라고 말했다. 그러나 현아는 검은 아스팔트에 붉은 피를 흘리던 어머니가 생각나 더 이상 쓸 수 없었다.

하얀 나비가 가까이 오며 엄마가 부르고 있다고 말하는 것 같았다. 현아는 책가방을 챙겨 들고 밖으로 나갔다. 하얀 나비가 따라오라는 듯이 날개를 팔랑거리며 운동장을 가로질러 플라타너스나무가 있는 쪽으로 날아갔다. 현아는 나비를 쫓아 뛰어갔다. 어디로 가느냐고, 천천히 가라고 손짓을 하면서. 그러나 흰구름이 솜사탕처럼 박혀 있는 하늘이 푸르기만 했다. 나비는 어디로 갔는지 보이지 않았다. 큰 플라타너스만 짙은 그늘을 드리우고 있었다.

현아는 마음이 허탈했다. 엄마가 보고 싶었다. 나비가 엄마가 있는 곳으로 날아갔을 것만 같았다. 엄마가 그곳에서 '현아야아아!' 하고 부르고 있을 것만 같았다. 자동차에 부딪치던 순간 보았던 엄마의 얼굴이었다. 그때도 엄마는 '현아야아아!' 하고 불렀었다.

같은 아파트 위층에 사는 미경이 엄마가 백화점 광장에서 현아를 보았다고 했다. 미경이 엄마가 '현아구나. 너 백화점에 가니? 아줌마도 백화점에 가는데 같이 갈까?' 하고 묻자 '아니요.' 하고 다른 곳으로 갔다고 했었다.

다른 곳? 다른 곳이 어디인가? 너는 아직도 많이 남은 전단지를 가슴에 안고 현아가 간 곳을 더듬는다. 아무리 생각해도 알 수 없다.

"이 아이를 보신 적이 있습니까? 이 아이를 보시면 꼭 연락을 주십시오. 부탁합니다. 후사하겠습니다."

너는 사람들에게 간절히 부탁한다. 그날, 백화점 광장에서 보았다는 미경이 엄마 외에 누군가는 현아를 보았을 사람이 있을 것이기 때문이다. 시간은 여덟 시를 넘어서고 있다. 열대야가 기승을 부리는 밤이다. 백화점에서 나오는 사람들과 들어가는 사람들, 광장을 지나 어딘가로 가는 사람들, 물을 뿜고 있는 분수대 둘레에 있는 긴 의자에 앉아 이야기를 나누고 있는 사람들, 커다란 나무 밑에 모여 앉아 술을 마시고 있는 사람들, 모두가 자기들의 세상으로 빠져 들어가고 있다. 커다란 분수대 안에서 물이 솟아올랐다 가라앉았다 하는 사이를 아이들이 뛰어다니며 깔깔대고 있다.

광장 한쪽에서 한 패의 젊은이들이 기타와 바이올린과 아코디언으로 반주를 맞추며 노래를 부르고 있다. 그들 옆으로 '지금도 죽어 가고 있는 아프리카 어린이들을 도웁시다!'라고 쓰인 현수막이 걸려 있다. 사람들이 그들 앞에 반원을 그리며 모여 있다. 얼굴과 몸매가 예쁜 아가씨의 노래가 구성지고 슬프다. 전단지를 나누어 주는 사람들도 있다. 아마도 나이트클럽이나 노래방 또는 새로 오픈한 매점이나 식당에서 나온 사람들일 것이다. 너는 그들과 경쟁하며 광장을 헤집고 다닌다.

광장 한쪽으로 큰 조각상이 서 있다. 불빛이 집중적으로 비추고 있는 조각상은 하얀 치마를 치렁하게 늘어뜨린 세 여인이 지구의(地球儀) 같은 큰 공을 높이 들고 있다. 그런데 한쪽 여인이 받쳐 들고 있는 곳은 검게 찌그러져 있다. 그곳을 받치고 있는 여인의 얼굴도 다른 여인들에 비해 슬픈 표정이다. 병색이 짙은 것 같기도 하다. 병들어 가고 있는 지구를 살리자는 주제를 부각시키고 있는 것 같다.

조각상 뒤편으로 고가의 옷들이 진열된 브랜드 매장과 금과 다이아몬드, 진주 등의 보석상점들이 있다. 결혼을 앞둔 젊은이들일까? 어머니와 또는 연인끼리 나온 젊은이들이 반지와 목걸이를 끼워 보고 걸쳐 보고 있다. 너는 그들을 보며 현아 엄마를 떠올린다. 결혼 예물도 주지 못했다. 결혼 징표로 준다는 것이 18K 한 돈씩을 커플로 나누어 낀 반지가 고작이었다. 그리고 현진을 가진 뒤에야 어머니를 찾아가 인사했었다.

어머니는 고향 도시에 신당을 차려 놓고 사람들을 받고 있었다. 어머니가 앞에 앉아 있는 오복순을 보고 말했다.

"어려서부터 원행 수가 있더니 아직도 버리지 못했구나."

너는 적이 놀랐다.

"그때 그 나비를 쫓아가지 않았더라면 좋았을 것을, 쯧쯧."

어머니가 가련하다는 듯이 말했다. 너는 깜짝 놀랐다. 어머니의 점괘에 어떻게 그것까지 나와 있는지 모르기 때문이었다. 네가 결혼하기 전에 들었던 이야기였다.

오복순이 다섯 살 때라고 했다. 아빠 엄마와 공원에 갔다가 팔랑팔랑 날아다니는 하얀 나비를 쫓아갔었다고 했다. 아빠 엄마가 솜사탕(이 도시에서 부르기는 구름사탕이라고 한다)을 사기 위해 빙글빙글 돌아가는 통에서 만들어지고 있는 것을 보고 있을 때였다. 아이는(그때 이름은 인혜인지 인애인지 잘 생각나지 않는다고 했다) 날개를 살랑살랑 흔들며 꽃 위에 앉았다 날아가는 나비를 잡고 싶어서 자꾸만 따라갔다. 어디로 얼마나 따라갔는지 몰랐다. 돌아보니 아빠 엄마가 없는 낯선 곳이었다. 아이는 울면서 아빠 엄마를 찾아 헤매었다.

그때 모르는 할머니가 엄마 아빠를 찾아 주겠다며 안고 가 버스를 탔다. 그렇게 간 곳이 어느 도시였고 부잣집이었다. 아이가 없는(자식을 낳지 못하는) 그 집에서 아이는 복순이라는 새로운 이름으로 살았다. 오씨 집안의 복순이, 복이 들어오라고 지어 준 이름이라고 했다. 그러나 오복은커녕 부부 싸움만 자주 했다. 오복순이 잘은 모르지만 사업이 잘 안되고 아저씨가 외박을 자주 하는 것이 원인인 것 같았다.

그러더니 2년쯤 지난 후 아저씨와 아주머니는 이혼을 했고 오복순은 아저씨 편에 남게 되었다. 아저씨를 따라 다른 도시로 이사했다. 그리고 또 일 년 후 새로운 엄마가 들어왔다. 아저씨는 또 다른 사업을 하는 것 같았다. 애기도 낳았다. 새엄마에게 천덕꾸러기가 된 오복순은 고등학교를 졸업하고 집을 나왔다.

"신령님께 치성을 드리면 더 이상 원행을 하지 않고 잘 살 수 있겠다. 내가 영묘한 신령님을 내려 줄 것이니 잘 모시고 아침저녁으로 치성을 드리거라."

어머니는 하얀 수염을 길게 기른 인자하고 위엄 있는 도사를 주었다. 도자기로 만든 커다란 것이었다. 너와 오복순은 도사를 안방 신당에 모셔 두고 아침저녁으로 빌었다. 그래서 그런지 집 안이 편안하고 똑똑한 자식도 얻었다. 그러던 것이 이곳저곳으로 이사 다니는 중에 실종되어 지금은 어디에 있는지 모른다.

지구의 동상에서 조금 떨어진 곳에 도사가 앉아 있다. 어머니가 주었던 동상과 닮은 것 같다. 너는 부리나케 그곳으로 간다. 어머니에게서 받았던 도사 형상처럼 하얀 옷에 하얀 수염을 길게 늘어뜨린 도사다. 왕골자리를 깔고 앉아 있는 앞에는 까만 옻칠을 한 작은 상이 놓여 있다. 상 위에는 사발 가득 하얀 쌀이 담겨 있고 그 옆으로 얇고 길게 깎은 대나무 막대들이 들어 있는 점통이 있다. 너는 끌리듯 그 앞에 선다.

"누군가를 애타게 찾고 있는 모양인데…… 앉아 보시지요."

너를 올려다본 도사가 대뜸 말한다. 하얀 수염이 정갈한 얼굴이 위엄이 있어 보인다.

"그래. 그 아이가 어디에 어떻게 있는지 몰라 애가 타신다?"

도사가 너의 가슴속을 훤히 들여다보고 있기라도 하듯이 빤히 쳐다본다.

"예, 도사님. 어떻게 그것을! 찾을 수 있는지요?"

너는 도사 앞에 급히 앉는다.

"복채를 넣으시오."

도사가 넌지시 말한다. 너는 입을 넓게 벌리고 있는 복채 그릇을 본다. 천 원과 오천 원 그리고 만 원 지폐들이 들어 있다. 너는 지갑을 열어 오만 원짜리 두 장을 꺼내 복채 그릇에 넣는다. 예사롭지 않은 도사가 현아를 찾아 줄 것 같기 때문이다. 도사가 돈을 넌지시 내려다보더니 하얀 쌀이 담긴 그릇에 향대 세 개를 꽂아 불을 붙이고 정좌한 다음 눈을 감고 주문을 외우기 시작한다. 주변이 시끌벅적한데도 너에게는 조용한 절간처럼 도사의 주문이 귀에 쏙쏙 들어온다.

"천신과 지신인 천지신명이시어 경찬하옵니다. 인간육신이 전생과 현생에서 지은 죄 많사오나 참됨이 선의 극치이옵니다. 하여 우직하도록 참되게 살아온 이 불쌍한 민생을 살펴보시고 선한 마음을 받아들이시어 자미천황님이 내리시는 심오하고 현묘한 기운으로 세상의 악을 선별할 수 있는 신통력을 발휘하게 하시옵소서."

주문을 끝낸 도사가 옆에 있는 점 통을 들어 흔든다. 그리고 다시 목소리를 높인다.

"천하대신 벼락대신 뉘 분부라 지엄하리. 동방에는 원두문을 닫으시고 남방에는 법설문, 서방에는 인애문, 북방에는 지영문을 닫으시어 악을 행한 자를 가두소서. 어라 만수 어라 대신이어!"

도사의 목소리만큼이나 점 통이 요란하게 흔들리며 대나무 막대들이 춤을 추듯 튀어나온다. 주문을 끝낸 도사가 튀어나온 대나무 막대에 적힌 기형의 글자들을 맞추어 괘를 만든다.

"나비를 쫓아왔구먼. 아이가 그 하얀 나비를 쫓아갔어."

괘를 한참이나 들여다보던 도사가 말한다. 너는 깜짝 놀란다. 나비라니? 복잡한 도시 한가운데서.

"그게 무슨 말인지요?"

너는 다급하게 묻는다.

"분명히 나비야!"

도사가 다시 말한다.

"나비라니요?"

너는 가슴이 뛴다. 도사가 대나무 괘를 또다시 들여다본다.

"엄마가 비명횡사한 곳이야. 틀림없어."

너는 도사의 말에 벌떡 일어난다. 엄마가 비명횡사한 곳이라면 가까운 곳이다. 너는 부리나케 그곳으로 간다. 현아가 엄마를 들이받고 달아난 차에 대해 무엇인가 집히는 것이 있었기 때문이었을 것이라는 생각이다.

백화점 광장 옆에 있는 수학학원과 맞은편 서점이 있는 사이를 가로지른 왕복 6차선, 그곳에 하얗게 그려진 횡단보도, 현아 엄마가 비명횡사한 곳이다. 사고를 당했다던 자리에는 아무런 흔적도 없다. 그러나 너는 그 자리를 정확하게 짚을 수 있다. 검은 핏자국이 흥건하게 묻어 있었다. 네가 현아의 전화를 받고 달려 갔을 때, 현아는 엄마와 함께 병원으로 실려 갔고 핏자국만 선명했었다. 인도에서 겨우 일 미터 나간 지점. 수학학원에 다니는 현아를 마중 나간 엄마는 신호를 무시하고 달려오는 승용차에 치여 그 자리에서 숨졌었다. 건너편에서 현아가 뻔히 보고 있었다.

현아는 중학교 2학년이 되면서부터 수학학원에 다녔다. 다른 과목에 비해 수학 성적이 좋게 나오지 않아 엄마가 결정한 것이었다. 현아는 학교를 마치고 곧장 학원으로 갔다. 학원이 끝나는 시간은 일곱 시였다. 현아 엄마는 20분 거리를 걸어서 마중 가곤 했다. 현아와 함께 걸으면 새로운 정이 솟는다고, 손잡고 이런저런 이야기를 하며 걸으면 친구처럼 다정해진다고, 서로 찰떡같은 현아와 엄마였다.

그날도 현아 엄마는 현아에게 운동화를 사 주어야 한다고, 내일이 봄 운동회라 사 준다고 했는데 깜박 잊었다고, 현아를 만나 백화점에 가서 사 주어야 되겠다고, 부지런히 나갔었다. 도로를 사이에 두고 엄마는 현아에게 그냥 서 있으라고 손짓했고 현아도 엄마에게 손을 흔들었다고 했다. 그리고 맞은편 신호등에 파란불이 들어오자 엄마는 부리나케 걸어 나갔고, 정지신호를 무시하고 달려오는 차가 횡 하고 지나갔다는 것이다.

현아는 엄마가 공중으로 떴다 바닥에 내동댕이쳐지는 것을 보았다고 했다. 차는 속도도 줄이지 않고 달아나 버렸고 현아는 그 찰나의 순간에 차를 보았다는 것이다. 검은색 승용차였다고 했다. 번호판은 숫자가 3인지 8인지 6인지 5인지 확실하게 확인할 수 없었다고 했다. 엄마가 차도에 엎어져 버둥거리고 있기 때문이었다. 현아는 엄마를 끌어안아 일으켰고 엄마가 '현아야아아' 하고 부르는 것이 마지막이라고 했었다.

너는 도로를 건너 현아 엄마가 쓰러졌던 곳으로 가 본다. 인도에는 오가는 사람들이 많다. 6차선 차도에도 차들이 많이 지나다닌다. 그런데 그때는 인도에 사람들도 신호에 걸려 서 있던 차들도 없었다는 말인지. 아무도 달아난 차량을 신고한 사람이 없었다. 경찰도 3개월 동안 수사하고 있지만 아직도 사고 차량을 찾아내지 못하고 있다.

너는 현아 엄마가 서 있던 자리에서 지나가는 사람들에게 전단지를 나누어 준다. 누군가 이곳에서 방황하고 있었을 현아를 본 사람이 있을 것이기 때문이다. 그때 서점 옆 제과점에서 젊은이가 나와 너에게 다가온다. 너는 젊은이에게 전단지의 현아 사진을 보여 준다.

"아! 이 아이요? 어제 이곳 도로가에 서 있던 검은 승용차 사람들과 말다툼을 하다 검은 승용차가 달아나자 택시를 잡아타고 쫓아가던데요. 맞아요, 그 아이."

너는 정신이 번쩍 든다. 도사의 말이 틀림없다.

"어디로 쫓아갔지요?"

너는 다시 묻는다. 마음이 급하다.

"저기, 저쪽이요. 도요타 고급 승용차 같던데요. 차 번호가 3865인지 3385인지 아무튼 그랬습니다."

너는 주먹을 불끈 쥔다. 검은 도요타가 달아난 방향은 유흥업소들이 있는 서쪽 지역이다. 너는 택시를 잡으려고 동동거린다. 택시가 잡히지 않는다. 그때다. 호주머니에서 전화벨이 요란스럽게 울린다. 너는 급히 핸드폰을 꺼내 든다.

"과장님! 큰일 났습니다. 공장이 올 스톱 됐습니다. 빨리 들어와 보십시오!"

"부장님은?"

"조금 전에 퇴근하셨습니다."

청천벽력 같은 소리다. 너는 정신이 없다. 어떻게 된 일인지 알 수 없다. 어떻게 해야 할까? 너는 망설이다 그제야 잡히는 택시를 타고 회사로 향한다. 현아를 찾아야 하는데…… 현아가 불한당 같은 놈들을 쫓아갔으니 어떤 일이 벌어질지 모르는데…….

네가 동동거리며 도착한 회사는 조용하다. 너는 부리나케 공장 안으로 들어선다. 덜컹거리며 움직이고 있어야 할 천장크레인은 물론 모든 기계들이 정지되어 있다. 작업자들도 보이지 않는다. 너는 허둥지둥 공장 안을 헤맨다. 저만치 선반기 앞에 서 있던 신입직원이 너에게 급히 다가와 속삭인다.

"과장님, 연판장이 돌고 있습니다."

너는 무슨 말인지 알 수 없다. 금시초문이다. 연판장이 무엇인지도 모른다.

"과장님을 쫓아내자는 연판장입니다. 모두들 사인했습니다."

신입직원이 다시 확인해 준다. 네가 공고를 졸업하고 처음으로 입사했을 때처럼 성실하게 기능을 연마하고 있어 기특하게 여겨 왔던 신입이다. 너는 그제야 사태를 파악한다.

"연판장이라고!?"

"네, 과장님. 선임계장이 주동한 것 같습니다."

신입직원이 충실하게 직고해 준다.

"작업자들은 다 어디에 있지요?"

"모두 휴게실에 모여 있습니다."

너는 가슴이 뛰고 다리에 힘이 풀린다. 과장을 내쫓겠다고? 왜? 무슨 이유로? 너는 정신없이 휴게실 문을 열고 들어선다. 직원들이 모두 너를 주시한다. 커피를 마시기도 하고 한쪽에서 술까지 마시는 자들도 있다. 모두들 너를 경계하듯, 아니 무시하듯 쳐다보고 있다. 너는 너를 비웃는 수많은 눈빛에 주눅이 들어 무슨 말을 해야 할지 알 수 없다. 화를 내야 할지 화해를 청해야 될지 용서를 빌어야 될지 생각이 잡히지 않는다.

"한참 작업해야 할 시간에 왜 여기에 모여 있습니까?"

너는 겨우 마음을 다잡고 묻는다.

"작업이라고요?"

"작업할 힘이나 있습니까?"

"우리는 기진맥진인데 당신은 마음 편하게 퇴근해야 합니까?"

"할 수도 없는 작업을 맡아 놓고 말이야."

"우리들을 도둑놈 잡듯이 하면서⋯⋯."

"당신이 우리 과장 맞습니까?"

"우리는 당신 같은 과장하고 함께 일할 수 없습니다."

"물러가시오!"

"나가라. 나가!"

여기저기서 말 폭탄이 터져 나온다. 너는 정신이 없다. 어떻게 수습해야 될지 알 수 없다. 현아와 함께 개척해 온 너는 어디로 간 것일까. 당당하고 현명하게 대처하라는 현아는⋯⋯? 너는 너를 찾지 못하고 우왕좌왕한다.

"연판장을 돌린다고! 연판장을?"

너는 너도 모르게 손을 뻗어 선임계장에게 삿대질을 하며 소리친다.

"이미 끝났습니다. 조용히 나가시지요."

작업공정은 자신이 잘 관리하겠으니 어서 나가 보시라고 말했던 선임계장이다.

"야! 너. 네가?"

너는 정신없이 쫓아가 계장의 멱살을 움켜쥔다. 그러자 술을 먹던 용접반장 등 직원들이 몰려들어 너에게 덤빈다. 순식간에 아수라장이 되고 너는 바닥에 나가떨어져 버둥거린다.

정신을 차리고 나니 주변이 조용하다. 직원들은 어디로 갔는지 보이지 않는다. 너는 벌떡 일어나 텅 빈 공장을 헤맨다. 어디에도 직원들은 없다. 어떻게든 이 사태를 수습해야 하는데……
이 사태를 수습해야 하는데……. 그러나 어떻게 해야 될지 생각
이 떠오르지 않는다. 현아를 찾아야 한다. 너를 개조했던 현아
를…….

현아는 엄마를 죽인 놈들을 쫓아갔다고 했다. 그곳이 어디인
가? '나는 누구인가? 나는? 여기서 이렇게 헤매고 있는 나는?' 너
는 네가 누구인지 모른다. 아버지가 누구인지도 모른다. 너를 만
들어 놓은 아버지를……. 너는 잃어버린 너를 찾아 허둥지둥 밖
으로 나간다.

푸른 사과

●
●
●

　여동생 집 왼쪽 옆에 사과밭이 있다. 과수원이라고 하기에는 초라한, 비탈진 산비탈에 관리가 잘 되지 않아 제멋대로 자란 사과나무들이 삼십여 그루 심어져 있는 곳이다. 여동생이 봄에 시장의 난전에서 푸른 사과인 줄 모르고 묘목을 사다 심었다고 했다. 쓸모없는 땅에 무엇인가 소득을 올릴 수 있는 것을 찾다가 사과나무를 생각했다는 것이다.

　여름에 어쩌다 들러 보면 모질게 자란 나무에 그래도 푸른 사과가 제법 달려 있었다. 따 먹어 보면 속은 연하지만 시고 떫은맛뿐이었다. 나는 이게 언제 빨갛게 익어 제맛을 내나 싶었다. 그러나 여동생은 그것을 따다 시장에 내다 판다고 했다. '아오리'라고 하는 푸른 사과는 칠월 중순부터가 수확 시기고 시장에서 많이 팔린다고 했다. 붉은 사과인 추광, 홍로 등이 나오기 전에 햇사과를 먹으려고 사 간다는 것이다. 나는 단맛도 별로 없는 푸른 사과를 이것도 사과라고 먹나 생각했었다.

그러나 세월이 흐르고 누이동생도 살 만해졌을 때의 푸른 사과 맛은 전연 달랐다. 담배와 고추 농사에 남의 집 논을 빌려 벼 농사까지 지으며 살아온 세월에 보드랍고 예쁘던 피부가 까맣고 거칠게 변한 동생이다. 사과나무도 그랬다. 둥치가 제법 커지긴 했지만 대부분 파이고 헐어 있는 나무에 가지들이 제멋대로 뻗어 있었다. 그래도 가지들마다 사과는 여전히 달려 있었다.

오늘도 나는 푸른 잎 사이에서 햇빛을 잘 받고 있는 사과를 하나를 딴다. 표피의 초록색이 조금은 바랜 것 같지만 여전히 볼품없는 사과다. 농약 한번 치지 않은 사과라고 했다. 나는 여동생이 했던 말에 손으로 대충 닦아 내고 한입 깨문다. 그런데 입안으로 퍼지는 맛이 그전과는 딴판이다. 껍질은 두껍고 거칠지만 속살이 하얗고 연한 것이 상큼하고 달콤하다. 어느 사과에 비길 바가 아니다.

나는 다시 한입 깨물어 먹는다. 먹으면 먹을수록 입에 당기는 맛이 참으로 좋다. '이 맛이 이게 어떻게 된 거지?' 나는 질문해 보지만 답은 나오지 않는다. 칠월에 모두 따서 팔던 것을 이제는 그냥 내버려 둔다는 사과다. 팔월의 뙤약볕에 익은 사과라 그런가? 낮에는 강렬한 태양빛과 밤에는 밝은 달빛과 교감한 사과라고? 거기다 모질게 자란 나무에 달려 있는 사과라니……. 나는 사과나무 사이를 이리저리 돌아다니며 잘 익은 사과를 따서 다시 먹는다. 겉은 여전히 푸르지만 세월의 두께를 느끼게 하는 맛이 있다.

오랜만에 온 여동생 집이다. 조카의 대학 입학을 축하해 주기 위해서다. 자취방을 얻는 데 쓰라고 오백만 원을 부쳐 준 것에 대한 고마움인지 아니면 새로운 집을 짓고 사는 모습을 보여 주고 싶어서인지 여동생이 놀러 오라고 여러 번 전화를 했었다. 시댁이라면 하찮게 여기던 아내도 어렵게 운을 뗀 내 말에 어쩐 일인지 선뜻 응해 주었다. 조카가 그런 환경에서 대학에, 그것도 전학년 장학생으로 들어간 것이 용하다고 생각하는 것 같았다. 나도 누이동생에게서 그만한 자식이 태어나리라고는 생각지 못했다. 산비탈에 심어져 있는 사과나무만큼이나 모질게 자란 동생이다. 동생이라면 동생이고 아니라면 아닐 수도 있는 여동생이다.

성씨부터 다르다. 최씨 형제들 중에 외톨이로 박힌 임씨다. 어머니는 다시 돌아온 후 얼굴을 들지 못하고 살았다. 나 또한 어머니에 대한 원망과 적개심이 많았다. 그런 이유 때문인지 몰랐다. 어머니도 여동생을 알뜰히 보살피지 않았다. 작은아버지 집에서 구박을 받으며 살았던 동생들도 분풀이하듯이 괴롭혔다. 어디에 몸 붙일 곳이 없는 여동생이었다. 나는 그런 여동생이 어머니와는 달리 불쌍하다는 생각이 들었다.

사과나무들 사이로 노랗고 붉은빛이 스며들고 있다. 얼굴을 들어 보니 멀리 산마루에 둥근 태양이 앉아 있다. 하루를 뜨겁게 달구던 빛도 스러져 가는 둥근 멍석 같은 모습이다. 노을빛 때문일까? 사과밭이 온통 붉은빛이다.

"어쩌면…… 기준 씨?"

어디선가 들려오는 목소리에 나는 주변을 둘러본다. 저만치 밭머리에서 노을빛을 등에 받고 서 있는 여인이 있다. 눈이 부시게 다가오는 노을빛 때문에 여인이 누구인지 알 수 없다. 하얀 옷 때문인지도 모른다.

"맞지요? 기준 씨."

언제부터 그곳에 서 있었는지 모른다. 주춤주춤 다가가 보니 생각지도 못했던 가영이다. 가영이 그곳에 있으리라고는 상상도 못했다. 가영도 마찬가지였는지 놀라운 표정이다.

"여기는 어떻게……?"

"으응. 우리 큰집이야."

가영이 사과밭 위에 있는 커다란 기와집을 가리킨다. 기와집 위쪽으로 큰 봉분의 묘도 있는 강의첨 장군의 종가다. 동네로 들어오는 입구에 세워져 있는 안내판에 강의첨 장군은 고려 강감찬 장군의 부장으로 귀주대첩에서 거란 침략군을 물리쳐 승리를 거둔 장군이고, 홍화진, 자산 등지에서 거란 군대를 크게 이겼다고 씌어 있었다. 나는 가영이 그런 집안의 후손이라는 것을 모르고 있었다.

"아! 그랬었네. 그런데 어째서 이제야?"

나는 어정쩡하게 물었다.

"글쎄나…… 그런 기준 씨는?"

"누이동생 집이야."

나는 기와집에 비해 초라한 누이동생 집을 가리켰다.

"이 과수원집이?"

"응."

가까이서 본 가영은 전 같지 않게 한 여인으로 변한 모습이다. 외모뿐만이 아니다. 내부에 잠재되어 있는 성숙함도 느껴진다. 그렇게 중년 부인으로 변해 있는 가영이다. 가영이 내게 손을 내밀었다. 나는 어정쩡하게 가영의 손을 잡았다.

넓은 들판이 내려다보이는 언덕 위에 나란히 앉았을 때도 나는 모르는 여인 옆에 앉아 있는 것만 같았다. 생각해 보니 삼십여 년 만이다. 사과밭머리에 있는 언덕도 처음 올라와 본 곳이다. 내려다보이는 들판은 끝이 가물가물하게 보일 정도로 넓다. 가영은 언덕 바로 아래로 흐르는 물줄기를 바라보며 아무 말이 없다. 물줄기는 들판을 가로질러 다른 물줄기를 만나 멀리 서해로 흘러가는 모양이다.

"왜 그렇게 숨어 지냈지? 연락도 없이……. 혹시 나를 미워하고 있었던 거야?"

가영이 한참 만에 질문한다. 섭섭함이 묻어나는 말이다.

"으응? 그냥……."

나는 어떻게 대답해야 좋을지 몰라 망설이다 얼버무린다.

"그랬나 보네. 그래서 연락도 할 수 없도록 숨어 지낸 거네."

가영이 여전히 섭섭한 듯이 말한다.

"그게 아니고……."

나는 대답할 말을 찾지 못한다. 살기에 바빠서, 다가갈 수 없는 사이라서, 자학 때문에, 아니 자존심 때문에. 나는 무엇으로도 내 마음을 규정할 수 없다. 살아온 세월이 너무나 팍팍했다. 가영이 더 이상 묻지 않는다. 나는 그런 가영을 돌아본다. 가영이 들판 멀리에 시선을 두고 있다.

"그때는 왜 내 제의를 거절했었지? 그 뒤로 연락도 없고……."

가영이 다시 묻는다. 나는 무슨 말인지 알 수 없다.

"그때가 언제?"

"내가 모교에 교생실습 나갔을 때."

"아! 그때."

나는 떠오르는 생각에 가슴이 철렁한다. 늘 미안하게 생각하고 있었기 때문이다. 가영도 그때를 가슴에 묻어 두고 있었던 모양이다. 내가 자기를 싫어하는 것으로 오해하고 있는 것처럼. 하기는 그럴 만도 했다. 중학교 때도 그리고 성인이 되었을 때도 나는 가영에게 다가가지 못했으니까. 그러나 내 마음은 그게 아니었다. 늘 간절하면서도 다가갈 수 없었다.

그날도 그랬었다. 군대 말년 휴가를 나온 나는 친구들도 별로 없는 읍내에서 며칠을 보내다가 중학교를 찾아갔었다. 평생을 잊지 못할 담임 선생님께 인사라도 드리고 싶었기 때문이었다. 넓은 교무실에는 내가 모르는 선생님들만 띄엄띄엄 앉아 있었다. 나는 모르는 곳에 들어간 사람처럼 어물대다 교무실을 나오려 했다. 그때 수업을 마치고 교무실로 들어오던 선생님이 나를 보고 반가워하며 악수를 청했다. 나도 너무나 반가워 선생님의 손을 내 두 손으로 덥석 잡았다. 삼 년 내내 담임이었고 수학을 가르치던 선생님이었다. 수학을 참 재미있게 가르쳐 주기도 했었다. 지워지지 않는 기억도 있다.

이 학년 때였을 것이다. 선생님이 우리에게 사랑을 수학으로 풀 수 있느냐고 물었다. 우리는 엉뚱한 질문에 어리둥절했다. 그러자 선생님이 칠판에 사랑＝2□+2△+2○+2⌣+4〈이라고 써 놓았다. 간단한 도형들의 더하기였다. 선생님이 누가 나와서 이 공식을 풀어 보라고 했다. 우리는 멀뚱멀뚱 서로 쳐다보기만 했다.

그러자 선생님이 또다시 칠판에 이상한 모형 두 개를 그려 놓았다. 직사각형의 몸통에 삼각형을 머리로 그리고 삼각형 안에 원을 눈으로 그리고 반원을 꼬리로 각을 두 개의 다리로 하는 두 마리의 돼지였다. 앞에서 달아나는 돼지를 다른 돼지가 뒤에서 쫓아가는 형국이었다. 앞에서 뛰는 돼지는 머리를 뒤로 돌리고 꼬리를 아래로 내린 채였고, 뒤에서 쫓아가는 돼지는 머리를 앞으로 곧추세우고 꼬리를 바짝 들고 뛰어가는 모습이었다. 도망가면서도 쫓아오는 돼지를 뒤돌아보는 모양이었다.

선생님이 빙긋이 웃으며 말했다. 앞에 도망가는 돼지는 암놈이고 뒤에   아가는 돼지는 수놈이라고. 암놈은 반원형의 꼬리를 바짝 내린 채 뒤를 돌아보고, 수놈은 꼬리를 추켜세운 채 머리

113

를 들고 쫓아간다고. 우리는 선생님의 설명을 듣고 한바탕 웃었다. 그러자 선생님이 사랑이란 이렇게 끈끈한 정으로 이어지는 것이라고 말했다. 다시 보니 원초적이지만 사랑의 본질을 보여 주는 것 같았다. 선생님은 너희들에게 수학을 재미있게 가르쳐 주려는 것이라며 세상에 수학으로 풀 수 없는 것은 없다고 말했다. 나는 선생님의 그런 재치 있는 여유와 유머가 좋았다.

선생님이 군복을 단정하게 입은 건강한 나를 보고 대견해했다. 바짝 마른 몸에 눈에 오기만 품고 다니던 모습만 보아 왔던 선생님이었다. 중학교 삼 년 내내 반장을 했던 나를 도와주고 아껴 주기도 했었다. 내가 사는 형편을 잘 알고 있는 선생님은 졸업이 가까운 삼 학년 겨울방학에 우리 집에 찾아와 서울에 있는 고등학교를 추천해 주기도 했었다. 수업료를 내지 않아도 되는 특수 고등학교였다.

선생님이 뜻밖의 말도 했다. 강가영이 교생실습으로 나와 있으니 바쁘지 않으면 만나 보고 가라는 것이었다. 나는 선생님의 말에 반신반의했다. 가영이 교생실습으로 와 있다고? 얼마만인가? 얼마나 변했을까? 가슴이 뛰었다. 중학교를 졸업하고 처음이었다.

"이게 누구야? 기준 씨!"

가영은 단박에 나를 알아보았다. 수업 자료를 가슴에 안고 들어오던 가영이었다. 중학교 때와는 전혀 다른 모습이었다. 선생님들이 많은 교무실에서도 기준 씨라고 부르며 다가왔다. 가영이 참으로 예뻐 보였다. 몸매도 얼굴도. 나는 그런 가영에게 거수경례를 했다.

"충성!"

아마도 아름다움에 대한 경의였을 것이다. 그렇지 않다면 가슴속 깊이 묻어 두었던 그리움이 나도 모르게 그렇게 폭발했는지 몰랐다. 교무실 선생님들이 웃으며 박수를 쳤다. 나는 나도 모르는 행동에 쑥스러웠다. 그러나 선생님들은 반갑게 만나는 두 학생의 우정이 보기 좋은 모양이었다. 가영과 나는 그렇게 선생님들의 박수를 받으며 교무실을 나왔다. 그리고 커다란 유리 거울이 가로로 놓여 있는 현관에서 마주 섰다.

"우리 오랜만인데 함께 점심 할까? 그간의 이야기도 나누고……."

가영이 말했다. 교생실습비도 받았으니 자기가 근사한 데 가서 사겠다고 했다. 그러나 나는 망설였다. 왠지 몰랐다. 가영이 싫어서? 그게 아니었다. 치열하게 살면서도 가끔씩 보고 싶었던 가영이었다. 배짱이 없어서? 여자에 대한 혐오감 때문에? 아니면 뿌리 깊은 열등감 때문에? 알 수 없었다. 가슴이 복잡했다. 괜한 자존심인지도 몰랐다. 가영과 나 사이의 거리가 너무나 멀게 느껴졌다. 백로와 까마귀에 비유할 만큼이나. 나는 안타까운 마음으로 말했다.

"바쁜 일이 있어서……."

"휴가 나온 군인이 무슨 바쁜 일이 있어?"

"그냥······."

나는 얼버무리고 뒤돌아섰다. 섭섭해하는 가영의 얼굴을 차마 볼 수가 없었다. 나는 뒤도 돌아보지 못하고 현관문을 나섰다. 할 말이 없었다. 내가 못났다는 말밖에는······. 나는 학교를 나오며 꾸역꾸역 올라오는 자의식을 꾹꾹 눌러 잡았다. 아버지가 갑자기 돌아가시고부터 가슴에서 자라나고 있는 자의식이었다.

아버지가 돌아가신 때는 내가 여덟 살, 초등학교에 입학한 해의 봄이었다. 나는 아버지의 손을 잡고 처음으로 학교에 갔었다. 아버지가 같은 학교 선생님인 것이 자랑스러웠다. 아버지 또한 첫 아들인 내가 초등학생이 되는 것이 대견스러운 모양이었다. 아버지가 말했었다. 학교에 가서 친구들과 친하게 지내고 아버지가 선생님이라는 것도 말하지 말라고. 그러면서 너는 우리 집안의 장남이니 올곧게 자라 집안을 바로 세워야 한다고 말했다.

나는 아버지의 생각을 알 수 있을 것 같았다. 할아버지도 말했었다. 집안 내력에 대해서였다. 아버지가 돌아가신 후였다.

"너는 집안의 장손이다. 열심히 학문을 배워 우리 집안의 기둥이 되어야 한다. 우리 집안의 6대조 할아버지는 홍문관과 예문관을 관장하는 대제학이셨고 5대조 할아버지는 역사를 편찬하는 사관이셨다. 4대조 할아버지 때 이곳 지방 현으로 내려와 현감을 하시며 이곳에 살게 되었다."

나는 할아버지 말에 자부심을 가졌었다. 그러므로 올바로 행동하려 했고 공부도 열심히 했다. 할아버지는 서당을 열어 아이들에게 한학을 가르치고 향교를 관리하며 예를 올리는 전교(典校)의 직책을 꾸준히 하고 계셨다. 나는 여섯 살 때부터 할아버지 서당에서 천자문을 배웠고 학교에 들어갈 무렵에는 『동몽선습(童蒙先習)』을 배우고 있었다. 우리 집은 잘 살지는 못하지만 할아버지와 아버지와 어머니 그리고 동생들 둘, 그렇게 여섯 식구가 할아버지를 따라 예를 지키며 살았다. 할머니는 내가 기억하지도 못하는 때에 돌아가셨다.

집안에 풍파가 일어난 것은 아버지가 돌아가시고부터였다. 아버지가 학교를 마치고 향교에 가서 주변 청소를 하고 집으로 오던 중에 화물차에 치였다고 했다. 조상님들의 얼이 배어 있는 향교였다. 나는 아버지가 어떻게 화물차에 치였는지 알지 못했다. 엄마와 시골에 사는 작은 아버지 그리고 서울에 사는 고모까지 내려와 동분서주 쫓아다녔고 구 일 만에 사건이 마무리되었다.

나는 그동안 보채고 떼쓰는 다섯 살, 세 살 동생들을 돌봐야 했다. 학교도 가지 못했다. 아버지는 그때까지 병원 영안실에 있었고 사건이 마무리된 후에야 장례를 치렀다. 할아버지는 죽은 사람에게도 예를 지켜 주어야 한다고 장례를 치르길 원했지만, 어머니가 반대했었다. 할아버지 밑에서 다소곳이 살던 어머니였다. 나는 상주로 삼 일 동안 삼베 두루마기에 높은 굴건을 쓰고 많은 조문객들을 맞이해야 했었다.

할아버지도 아버지가 돌아가신 후 일 년도 못 되어 돌아가셨다. 온 천지가 꽁꽁 얼어붙는 겨울방학 때였다. 장례를 치르고 나니 집안이 텅 빈 것 같았다. 정신적 지주였던 두 분의 자리가 그만큼 컸다. 나는 졸지에 가장이 되어 책임감이 무거웠다. 집 안의 품격과 사람이 살아가는 예의를 지키는 형으로 동생들에게 모범이 되어야 했다. 학교에서 돌아오면 일곱 살, 다섯 살 동생들에게 한글을 가르치고 먹을 것을 찾아 주었다.

어머니는 살기 위해서 그랬는지 매일 늦게 돌아왔다. 읍내에 카페를 열었다고 했다. 읍내 넓은 거리의 삼 층 건물의 일 층에 자리 잡은 카페는 읍내에서 처음 생긴 것이라고 했다. 어머니가 어떻게 그런 것을 차릴 생각을 했는지 몰랐다. 내가 가 본 카페는 넓고 손님들도 많았다. 커피와 음료수, 경양식과 술도 파는 곳이었다. 손님을 접대하는 아가씨들은 짙은 화장을 하고 다녔다. 나는 어머니가 마음에 들지 않았다. 재물을 탐내지 않고 품격과 도덕을 지키며 살았던 할아버지와 아버지였다. 어머니도 당연히 그렇게 살아야 된다고 생각했다. 그러나 어머니는 할아버지가 돌아가신 후 자유분방하게 돌아다니더니 카페까지 내었다.

그리고 일 년이 지난 후, 어머니는 집에 들어오지 않았다. 이틀이 지나도 어머니는 오지 않았다. 나는 동생들과 집을 지켰고 작은아버지와 고모가 찾아와 어머니가 카페와 집을 정리해 어딘가로 떠났다고 말했다. 우리 삼 형제는 졸지에 고아가 되었고 앞날을 알 수 없는 처지가 되었다. 독립할 능력이 없는 우리 삼 형제는 시골 작은아버지 집으로 들어갔다. 작은아버지의 배려였다. 그러나 갑자기 변한 환경은 낯설었다. 작은아버지가 잘해 준다 해도 작은어머니의 눈치가 보였고 사촌들도 불편해했다. 사촌들은 내게는 그렇게 못했지만 동생들은 무시하고 깔보며 때로는 행패를 부리기도 했다. 작은 집에 방 두 개, 우리는 아래 채에 창고로 쓰던 곳을 방으로 개조해 들어가 살았다.

　나는 큰형으로서 사촌들과 동생들을 관리해야 했다. 사촌들을 다독이고 동생들에게는 참으라고 했다. 그러나 사촌들은 반항하고 동생들은 억울하다고 항의했다. 『동몽선습』의 「장유유서」편에 '형제간은 기운을 함께 나눈 사람으로 뼈와 살을 나눈 지극히 가까운 관계이니 우애해야 할 것이며 노여움을 마음속에 감추고 원한을 묵혀서 하늘의 떳떳한 도리를 무너뜨려서는 안 된다.'고 했다. 나는 그런 마음으로 사촌들과 동생들을 타이르고 때로는 큰소리치기도 했다. 그럴 때면 작은어머니의 눈치가 보였다. 작은어머니는 사촌들을 편애했다.

　나는 작은어머니를 도와 밭일도 해야 했다. 논일에 매달린 작은아버지를 대신해 밭일은 작은어머니가 주로 하는 것 같았다. 처음 해 보는 농사일은 만만치 않았다. 봄에는 밭 갈고 씨를 심는 것을 도와주어야 했고, 여름에는 텃밭이며 콩밭에 풀을 뽑아야 했고, 가을에는 고구마를 캐어 나르고 산비탈 밭에서 콩과 참깨를 베어 지게에 지고 와 마당에서 도리깨로 두드려 털어 내야 했다. 나는 지게질도 도리깨질도 서툴렀다. 콩 지게를 지고 비탈길을 오르다 넘어져 작은어머니에게 모진 말을 듣기도 했다. 외롭고 서글펐다. 어디에도 기댈 곳이 없었다. 동생들은 날이 갈수록 주눅 들고 밖으로만 돌았다. 내가 품어 주어야 했다.

전학한 시골 학교는 남학생과 여학생이 한 반인 작은 학교였다. 남학생이 스물다섯, 여학생이 열일곱 정도였다. 처음에 반에 들어가 선생님이 읍내 학교에서 전학 왔다고 소개하자 아이들이 수군덕거렸다. 별로 좋게 생각하지 않는 것 같았다. 쉬는 시간이 되자 머리며 옷매무새가 지저분한 아이들 몇 명이 몰려왔다.

"네 눈엔 우리가 하찮게 보이냐? 아까 너를 소개하던 그 태도가 뭐냐?"

덩치가 큰 놈이 시비를 걸었다. 읍내에서 왔다고 잘난 척 까불지 말라는 것이었다. 기를 꺾어 놓으려는 것 같았다. 그러자 여학생들 쪽에 앉아 있던 한 아이가 소리쳤다.

"야! 너희들 왜 새로 온 친구에게 시비를 거냐? 낯선 학교에 와서 마음을 붙이지 못할 텐데. 친절하게 도와줘야 하는 것 아니냐?"

선생님이 들어오면 일어나 선생님께 인사를 선창하던 여학생이었다. 몰려왔던 아이들이 멋쩍은 듯 흩어졌다. 읍내에서도 보기 드물게 값진 옷을 입은 깨끗한 용모의 아이였다. 나중에 알고 보니 이름이 강가영인 반장이었다. 그러나 나는 관심을 두지 않았다. 귀찮은 아이들을 떼어 내 준 것이 고맙지만 내색을 하지 않았다. 나는 친구들과 떨어져 공부만 했다. 집에 와서는 일하기에 바빴다.

그래도 사 학년에 올라가면서 반에서 일등을 했다. 친구들도 생기기 시작했다. 아이들이 내게 관심을 보이기 시작했고 같이 학교에 오가는 친구들이 나를 좋아했다. 반장도 내게 관심을 보이며 접근했다. 반장인 가영은 들판에서 제일가는 부잣집 딸이라고 했다. 아버지가 학교 사친회장도 한다고 했다. 선생님도 가영을 특별히 생각하는 것 같았다. 가영은 겉으로 신중하고 얌전하지만 똑똑하고 공부도 잘하는 아이였다.

나는 그런 가영이 좋아지기 시작했다. 가영이 반장이고 내가 부반장이거나 내가 반장이고 가영이 부반장이기 때문인지 몰랐다. 거기다 가영과 내가 더욱 가까워진 것은 특별활동 때문이었다. 한 반이래야 오십 명도 안 되는 작은 학교지만 아이들이 지망에 따라 반을 나누어 특별활동을 했다. 미술 반, 붓글씨 반, 노래 반, 글짓기 반, 웅변 반 등이었다. 글짓기 반에는 네 명이 지원했고 그중에 가영도 있었다. 나는 산문 쓰기를 좋아했고 가영은 동시를 주로 썼다.

우리는 토요일이면 오전 수업을 마친 후에 한 시간 동안 각각 특별활동을 했고 글짓기 반은 주로 운동장 가에 있는 우람한 플라타너스 나무 밑에서 글을 썼다. 겨울에는 하얗게 내린 눈밭의 벤치에 앉아 글을 짓기도 했다. 네 명은 각자 쓴 것을 서로 보여주며 이야기를 나누기도 했고 철자나 띄어쓰기를 고쳐 주기도 했다. 담당 선생님의 지도를 받기도 했다. 그중에도 나는 문장을 잘 만드는 편이었고 가영은 상상력이 좋았다. 담당 선생님은 내 산문과 가영의 동시를 칭찬해 주었다. 육 학년에 올라와서는 가영이 군내 글짓기 대회에서 우수상을 타기도 했다. 내 산문은 겨우 입선되는 정도였다.

가영과 나는 그렇게 글짓기를 하면서 서로를 좀 더 알게 되었다. 나는 가영이 오빠 둘에 막내로 귀여움을 받으며 컸다는 것을 알았고, 가영은 내가 아버지 어머니도 없이 작은아버지 집에서 산다는 것을 알게 되었다. 그래도 나는 육 학년이 되면서 어린이 회장을 했고 공부도 일등을 내주지 않았다. 나는 그렇게 나를 개척해 갔고 가영과도 아이들이 다 알 만큼 가까워졌다. 나는 예쁘고 얌전한 가영을 좋아했고 가영도 나를 좋아하는 것 같았다. 그러나 거기까지였다. 어머니가 돌아왔기 때문이었다.

어머니가 돌아온 것은 여름방학이 되기 전이었다. 내가 학교에서 집에 돌아왔을 때였다.

"여기가 어디라고 들어왔습니까?"

작은아버지의 목소리가 크게 들렸다. 한번 나간 사람은 우리 집안사람이 아니라고, 당장 아이를 데리고 나가라고, 큰소리가 대문 밖까지 들려왔다. 대문을 열고 들어가 보니 어머니가 빌고 있었다. 동생 기영과 기원이 어머니에게 매달려 울고 있었다. 작은아버지가 다시 호통을 쳤다. 엄마라고 부르지도 말라고, 저런 여자는 너희들 엄마가 아니라고. 그러면서 너희들은 최씨 자손

122

이니 최씨 가문에서 살아야 한다고 동생들을 떼어 놓았다.

나는 눈물 어린 눈으로 나를 바라보는 어머니가 불쌍해 보였다. 팽팽하던 얼굴은 초라해 보이고 건강하던 몸매도 쭈그러져 작아 보였다. 등에 어린아이를 업고 있었다. 여자아이였다. 아이가 앙앙 울어 댔다. 어머니가 '기준아!' 하고 부르며 다가와 손을 잡으려 했다. 나는 뒤로 물러섰다. 가슴속에 원망이 단단하게 굳어 있기 때문이었다.

"빨리 나가지 못합니까! 이제 당신은 아이들 엄마도 아닙니다. 어서 나가세요."

작은아버지가 다시 소리쳤다.

"이 아이들은 내 자식입니다. 내가 데리고 가겠습니다."

눈물을 닦은 어머니가 말했다. 기영과 기원이도 엄마를 따라가겠다고 했다. 작은어머니와 사촌들에게 구박을 받으며 천덕꾸러기로 살던 동생들이었다. 작은아버지는 할 말을 찾지 못하는 것 같았다. 어머니가 동생 둘을 양손에 잡고 집을 나섰다. 나는 한참을 그곳에 서 있다 할 수 없이 동생들을 따라나섰다. 작은아버지도 아무 말 하지 않았다.

자리 잡은 곳은 읍내 변두리였다. 작은아버지가 완강했던 것과는 달리 집(방 두 개가 있는 옥탑방)을 얻어 주었다. 나는 다시 읍내 학교로 전학해야 했다. 담임 선생님에게 말하자 '보내기 아깝다'고 내 손을 잡으며 이제 졸업까지 몇 달 남지 않았으니 읍내에 가서도 공부를 열심히 해서 꼭 중학교에 가야 한다고 다짐을 했다. 나는 나오려는 눈물을 꾹꾹 눌러 참으며 삼 학년인 동생과 일 학년인 동생의 전학 증서까지 받아 교무실을 나왔다. 교실엔 가지 않았다. 친구들에게 어떻게 말해야 좋을지 생각이 나지 않기 때문이었다. 가영에겐 더욱 그랬다. 얼굴을 볼 수 없을 것 같았다.

어머니는 돈을 벌기 위해 아침 일찍 먹을 것을 챙겨 주고 나가 저녁에 돌아왔다. 나는 학교에 가는 길에 어머니가 데리고 온 아이(이름이 희순이라고 했다)를 유아원에 맡기고, 학교에서 돌아올 때 유아원에 가서 희순을 데리고 집으로 돌아와야 했다. 이제 세 살인 아이었다. 성명이 임희순이라는 것을 유아원에 가서 알았다. 나는 다른 사람들이 알까 두려워 그냥 희순이라고 불렀다.

생활은 늘 궁핍했다. 어머니가 집과 카페를 처분한 돈을 어디에 어떻게 썼는지 몰랐다. 희순이 아버지가 누구인지 왜 다시 돌아왔는지도 몰랐다. 나는 가슴에 굳어 있는 원망과 적개심이 풀리지 않았다. 한집에 살면서도 어머니와 대화를 나누지 않았다. 어머니도 내 눈치만 보았다. 그러나 동생들은 어머니가 좋은 모양이었다. 어머니 품을 서로 차지하려고 엄마, 엄마 하며 매달렸다. 여동생 희순은 그런 오빠들에게 엄마를 빼앗긴 꼴이 되었다.

그래서 내게 가까이하려고 했는지 몰랐다. 눈치가 빤한 아이였다. 나는 어머니는 미워도 어린 희순에게는 불쌍하다는 생각이 들었다. 나와 같은 처지인 것같이 생각되기 때문이었다. 그렇게 여동생이 된 희순은 엄마가 나간 집에서 외톨이로 지냈다. 오빠들에게 구박을 당하고 때로는 얻어맞기도 했다. 어머니는 그래도 남겨 두고 갔던 동생들에게 더 마음을 주었다. 동생들에게서 위안을 받으며 살아가는 것 같았다.

나는 동생들이 희순에게 못된 짓을 하면 동생들을 혼내 주고 때려 주기도 했다. 너희의 동생이기도 하다고, 그러니 잘 돌봐 주라고. 그러나 동생들은 받아들이지 않았다. 희순이 때문에 엄마가 나갔다고 생각하는 것 같았다. 어머니는 고구마나 감자 찐것 또는 부침개를 싸 들고 오기도 했다. 부잣집 파출부로 일하는것 같았다.

나도 중학교에 들어가서는 토요일이나 일요일, 때로는 학교에서 돌아와 일을 해야 했다. 시장에 나가 짐을 나르거나 곡식 상점에서 손님이 주문한 것을 자전거에 싣고 집으로 가져다주기도 했다. 한참 더운 여름이었다. 얼음 창고에서 얼음 덩어리를 수레에 실어 생선가게로 가던 중에 가영을 보았다. 다행히 가영은 어머니로 보이는 아주머니와 옷가게로 들어가 옷들을 살펴보고 있었다. 나는 가영이 옷가게 안쪽으로 들어갈 때까지 햇빛에 얼음이 녹는 것도 모른 채 한참을 그곳에 서 있었다. 가영은 뒤돌아보지 않았다. 부티 나는 엄마와 함께 옷을 고르는 가영이 행복해 보였다. 어머니에 대한 원망이 풀리지 않은 때였다.

여름방학 때 국어 선생님이 숙제로 내준 내 산문이 참 좋다고 여학생 반까지 읽어 주기도 했지만, 그래서 더욱 만나고 싶기도 했지만 나는 가영이 앞에 나서지 못했다. 목련꽃 같은 가영이,

다정하게 붙어 앉아 글쓰기를 했던 가영이, 진달래꽃이 피듯이 문득문득 떠오르기도 했지만. 나는 꾹꾹 눌러 참았고 장학금을 타기 위해 공부에만 매달렸다.

남학생이 세 반, 여학생이 두 반인 중학교였다. 남학생 반은 앞 교사에 여학생 반은 뒤 교사에 있었다. 정원과 꽃밭이 가로놓여 있는 사이가 멀게 느껴졌다. 어쩌다 들판 멀리에서 버스를 타고 오는 가영을 교문 근처에서 보기도 했지만 나는 남학생들 속에 묻혀 빠른 걸음으로 학교로 들어갔다. 나는 그만큼 내 속으로 빠져들어 갔었다.

그런 내 마음속에 여동생 희순이 있었다. 불쌍한 아이였다. 학교에서 돌아와 보면 길가에 우두커니 서 있곤 했다. 나를 기다리고 있는 것 같았다. 나는 희순의 손을 잡고 집으로 올라가 먹을 것을 챙겨 주었다. 그렇게 서로 의지했고 마음을 주고받았다. 그러나 내가 서울에 있는 고등학교에 가고부터는 희순을 돌볼 수 없었다.

희순은 초등학교를 졸업하고 더 이상 학교에 가지 않았다. 두 남동생은 내가 고등학교를 졸업한 후에 은행에 취직해서 어찌어찌 고등학교까지 보냈지만 거기까지였다. 막내 남동생 기원이도 아내와 입씨름해 가며 겨우 고등학교를 졸업시켰다. 어머니는 파출부에 마트 계산원까지 하다 나이가 들어서 그런지 시장 바닥에서 채소를 팔고 있었다.

여동생은 열아홉 살 나이에 쫓기듯이 시집갔다. 신랑 집은 농토 한 뙈기 없이 남의 집안 묘소를 관리해 주고 시제 음식상을 차려 주며 그 집안의 농토를 부쳐 먹고산다고 했다. 산비탈에 붙어 있는 집도 큰방 하나에 부엌이 딸린 초라한 집이었다. 부엌문은 널빤지 사이가 벌어져 겨울바람이 다 새어 들어갈 것 같고 방문도 아귀가 잘 맞지 않았다. 여동생은 시제 음식상을 차리지 못해 시집간 시누이들에게 쫓겨나기도 한다고 했다. 어머니가 그런 집인지 모르고 보냈는지 알고도 보냈는지 모를 일이었다.

겨울에도 여동생은 내복 없이 홑치마만 입고 다니는 것 같았다. 나는 그런 동생이 불쌍해 두툼한 내복을 사서 부쳐 주기도 했다. 여동생에게도 형제가 있다는 것을 인식시켜 주고 싶었다. 어느 해 추석인가는 동생들에게 강제하다시피 돈을 걷어 냉장고를 사다 주기도 했다. 고등학교까지 나와 직장을 잡고 장가들어 잘 살고 있는 동생들이었다.

나는 추운 겨울에도 넓게 갈라진 부엌문이 그대로인 것을 보고 매제에게 잔소리를 했었고, 찌그러져 사이가 뜬 방문에 문풍지도 바르지 않는다고 동생에게 역정을 냈었다. 제부는 그래도 묵묵히 받아들였다. 수더분한 데다 정신이 옳게 박혀 그런지 열심히 사는 것 같았다. 제부가 말했었다. 동생이 하루 종일 논과 밭에서 얼굴이 새카맣게 일만 한다고. 논도 동생이 서둘러 빌린 것이라고. 자식도 아들만 셋을 낳았다. 그중에 둘째가 대학에 들어간 것이었다.

오랜만에 가 본 여동생 집은 몰라보게 변해 있었다. 초가집이 있던 자리에 콘크리트 슬래브 주택이 들어서 있고 삼십 평이라고 하는 집은 거실도 넓고 방도 세 개나 되었다. 주방도 크고 싱크대가 번듯한 현대식이었다. 갈색 돌을 붙인 외벽도 든든해 보였다. 밭과 논도 장만했고 집 옆으로 따로 지은 외양간에는 소도 세 마리나 있었다.

"뭘 그렇게 골똘히 생각해?"

들판을 바라보고 있던 가영이 묻는다. 해가 지고 찾아온 여름밤은 여치와 매미들의 노랫소리로 가득하고 들판을 건너오는 바람이 시원하다.

"지나간 추억들…… 살아온 날들이 생각나서."

나는 정신을 차리고 가영을 돌아본다. 내게 삶의 동력을 주었던 가영이다. 돌이켜 보면 불행한 날들만도 아니었다. 하나하나 살아온 추억들이 보석처럼 내 가슴에 박혀 있기도 했다. 들판 건너 산자락에 꽃처럼 피어 있는 불빛들처럼.

"그러고 보니 먼 날의 이야기가 되었네. 그동안 어떻게 지냈어?"

가영도 지나온 날이 생각나는 듯이 묻는다. 삼십여 년이다. 그동안 나는 남들 다 가는 대학교에 가지 못했다. 거기다 남편까지 무시하는 마누라와 입씨름해 가며 살아왔다.

"그냥, 남들처럼…… 아들 둘 낳고, 서울에서."

멀리에 있는 별들만큼이나 먼 날들이다.

"그랬어? 하기는 서울로 고등학교를 갔었지."

"가영은……? 어디서……?"

나도 조심스럽게 물었다.

"아직도 인천에서 살지."

가영이 심드렁하게 대답한다. 인천에 있는 여고에 갔던 가영이다. 포구에서 인천행 연락선을 타고 가던 때가 떠오른다. 그때 나는 버스를 타고 갔다가 기차로 바꿔 타야 하는 코스 대신에 읍내에서 가까운 포구에서 배를 타고 인천으로 가서 기차를 타고 서울로 가는 코스를 선택했었다. 인천에 있는 고등학교에 합격한 친구가 그렇게 가자고 했기 때문이었다.

배가 들판이 있는 포구에 들렀을 때였다. 친구가 '저기 강가영이 있네.' 하고 말하며 가리키는 곳을 보자, 가영이 일등 선실로 들어가고 있었다. 나는 그런 가영을 먼발치에서 바라보기만 했다. 친구와 나는 그렇게 이등 선실에서 또는 갑판에서 이야기하며 갔던 기억이 있다.

"어떻게 지내?"

나는 가영에 대해 궁금한 것이 많아 다시 물었다. 석양빛에 서 있을 때는 아름답게 보였었는데 그렇지만도 않은 것 같다. 풍요롭고 세련된 모습을 상상했던 가영이다.

"그냥 집에서 살림하고 살지."

"사범대학을 나와 선생님하고 있지 않았어?"

교생실습을 나왔던 가영이다.

"응, 그랬었지. 국어 선생을 하다 그만두었어."

"왜. 한참 선생님하고 있을 때인데. 교장 선생님도 될 수 있었을 테고."

"아들을 얻으려고. 같은 학교 선생님하고 결혼했는데 딸만 셋을 낳았지. 아들이 귀한 집이었어. 시댁에서 손자를 원했지. 그래서 학교도 그만두고 아들을 낳기 바랐는데 딸만 다섯이야."

가영이 회한에 젖은 듯 말한다. 나는 딸 다섯이라는 말에 속으로 놀란다.

"그렇게나? 딸을……."

"기준 씨는? 어떻게 살아?"

가영이 묻는다.

"서울에서 은행 지점장하면서."

나는 간단히 대답한다.

"잘됐네. 애들은?

"그냥. 아들만 둘."

나는 미안한 마음으로 대답한다. 가영이 부러운 눈으로 바라보는 것 같다. 나는 그런 가영을 보면서 가영도 나를 부러워할 때가 있나 싶다. 내가 늘 부러워했던 가영이다.

"아이들은 공부를 잘하겠지? 아빠를 닮았을 테니까."

나는 대답하지 않았다. 큰놈은 S대학에 들어갔고 작은놈도 고등학교에서 일이 등을 하고 있다. 가영도 더 묻지 않는다. 무거운 침묵이 흐르고 있다. 지나온 세월이 침묵 속에서 걸어 나오고 있는 것 같다. 보고 싶고 만나고 싶어도 가슴속에 묻어 두고만 있던 가영이다. 서울과 인천은 멀지도 않은 거리였다.

"저기 별들 좀 봐."

한참 만에 가영이 말한다. 가영이 손가락으로 가리키는 곳에 별들이 반짝이고 있다. 해가 넘어간 서쪽 하늘 멀리 있는 별들이다.

"언제 저렇게 많은 별들을 보았지?"

가영이 불쑥 묻는다.

"그러게. 우리가 초등학교에 다닐 때."

나는 언뜻 대답한다. 하기는 그렇기도 했다. 시골에 살 때 여름밤 바깥마당에 멍석을 깔고 누워 있으면 하늘에서 수많은 별들이 쏟아질 듯이 반짝였다. 가영도 그 별들을 보았을 것이다. 빛나는 별빛처럼 추억 속에 있는 가영이다. 나를 바라보는 가영의 검은 눈동자 속에 그 별들이 들어 있는 것 같다. 나는 가슴이 방망이질 친다. 그리움이 익어 사랑으로 다가오고 있기 때문이다. 여름내 따가운 햇볕에 맛있게 익은 푸른 사과처럼. 나는 가영에게 마음을 들키지 않기 위해 먼 하늘로 눈을 돌린다.

"가끔씩 생각날 때마다 원망도 많이 했었는데."

가영이 조용히 말한다. 나를 사랑했다는 말 같다. 그러나 이제는 어쩔 수 없는 사이다. 아름다운 추억으로 남아 있어야 하는 가영이다. 나는 가영이 육 학년 때 썼던 동시를 떠올린다. 가슴에 늘 담아 두고 있는「그리움」이란 동시다.

그리움은 사랑입니다.

밤에는 달빛이 전하고

낮에는 햇빛이 전합니다.

세월이 흘러도 사랑은

그렇게 우리 마음에서 자라나

아름다운 세상을 만듭니다.

가영의 시만큼이나 주변이 아름답다. 은은한 달빛이 주변 풍경에 젖어 들고 있다. 가영이 일어나 둥근 달을 바라본다. 달이 하늘 높이 떠올라 있다. 나도 일어나 가영이 옆에 선다.

"저것 봐. 사과들이 참 예쁘네."

가영이 신비로운 것을 발견한 듯이 말한다. 나도 사과들을 찾아본다. 은은한 달빛 속에서 사과들이 노란 빛으로 익어 가고 있다.

땡볕

　•
　•
　•

　팔월 오 일 하오 두 시. 쨍쨍하게 내리쬐는 땡볕 속에 버스 한 대가 서고 젊은 사내가 내린다. 주변에는 사람 하나 없다. 사내가 낯선 곳에 내린 듯 어리둥절한 얼굴로 사방을 둘러본다. 버스는 사내 하나만 내려놓고 뒤꽁무니로 검은 연기를 한 무더기 쏟아 놓고 떠난다. 한때 파란색이었을 버스는 햇빛과 먼지가 덧칠해져 있어 회색에 가까울 정도로 변색되어 있다. 아정읍에서 오봉산 줄기의 터널을 빠져나와 세 번째 되는 정류장이다. 버스에서 뿜어져 나온 검은 연기가 땡볕들의 기세를 꺾으려 하지만 그것도 잠시뿐이다. 연기는 자취 없이 사라지고 땡볕들이 다시 기승을 부린다. 버스가 떠난 도로와 경계가 없는 경찰지구대 광장에도 땡볕들만 웅성거리고 있다.

　사내가 광장을 바라본다. 광장에 모여 있는 땡볕들이 사내에게 어서 오라고 손짓하는 것 같다. 왜 이제야 왔느냐고, 기다리고 있었다고. 사내가 응답이라도 하듯이 광장으로 들어간다. 30

세 중반쯤 되어 보이는 젊은이다. 검은 바지에 흰 반팔 와이셔츠를 입고 있다. 큰 키에 몸피가 있고 얼굴도 귀공자같이 보인다. 광장 주변으로 변한 것은 아무것도 없다. 면사무소를 가리고 있는 오동나무 숲만 더욱 우람해진 것 같다. 광장 왼쪽으로 도로에 접해 있는 경찰지구대도, 지구대에서 또 오른쪽으로 대략 육십 도로 꺾여 있는 소방서도 옛날 그대로다. 소방서의 열린 차고지에 붉은 소방차 한 대만 보인다. 소방서 옆으로 지금은 주차장으로 쓰고 있는 공터가 있고, 공터와 면사무소 사이에 마을로 내려가는 도로가 있다. 오동나무 숲에서 말매미들이 요란하게 울어대고 있다.

사내가 오동나무 숲으로 들어간다. 말매미들의 오케스트라 연주에 귀가 멍멍할 지경이다. 어린 시절 매미채를 들고 오동나무를 오를 때와는 딴판이다. 그때는 매미들도 조심조심 울었다. 사내가 오동나무 그늘에서 광장을 바라본다. 광장의 땡볕들이 더욱 뚜렷하게 보인다. 땡볕들이 모여들어 떠들썩하게 이야기하고 있는 것 같다. 이곳에서 칼을 던진다면…… 사내는 떠오르는 생각에 다시 광장으로 나온다. 그러나 그날의 흔적은 어디에도 남아 있지 않다. 모여드는 땡볕들만 소란스럽게 웅성거리고 있다. '우리는 그날의 범인을 알고 있지. 우리는 그날의 범인을 알고 있지.' 하고 속삭이는 것 같다.

그날도 땡볕들이 쨍쨍하게 내리쬐고 있었다. 사내가 허겁지겁 광장으로 달려왔을 때 아버지는 등에 칼을 맞고 엎어져 있었다. 점심을 먹고 나간 아버지였다. 면사무소에 볼일이 있다고 했었다. 모여 있는 사람들이 웅성거리고 있었다. 제일 먼저 현장을 목격했다는 의용소방대 사람도 '아악!' 하는 비명 소리가 들려서 나와 보니 광장에는 칼을 맞은 사람 외에는 아무도 없었다고 했다. 지서(경찰지구대)에서 순경들이 현장을 통제하며 소란을 떨고 있었다. 그때 중학교 2학년이었던 사내는 귀에 꽹과리 소리가 요란하고 가슴에 북소리만 광광댈 뿐 무엇이 어떻게 돌아가고 있는지 몰랐다.

'우리는 알고 있지! 우리는 알고 있지!' 하는 속삭임 소리가 또다시 들리는 것 같다. 사내가 주의 깊게 광장을 둘러본다. 광장에는 내리쬐는 땡볕들뿐 아무도 없다. 환청인가? 사내는 다시 주변을 살핀다. 땡볕들이 점점 사내에게 모여들고 있다. 사람의 등에 누가 어떻게 칼을 꽂았는지 알고 있다는 듯이. 칼을 맞는 순간을 목격한 사람은 없지만 광장에 가득했던 우리들은 확실히 보았다는 듯이. 선명하고 강렬한 땡볕들이다.

사내가 땡볕들을 주의 깊게 바라본다. 어렸을 때도 늘 함께했던 땡볕이고 아버지가 칼을 맞고 쓰러졌을 때도 몰려와 무엇인가 말하려고 했던 땡볕이다. 잘 가늠해 보라고, 그날의 상황이 잡힐 것이라고, 땡볕들이 빛나는 눈빛으로 말해 주고 있는 것 같다. 사내는 아버지가 쓰러졌던 자리에서 경찰지구대까지 큰 걸음으로 재어 본다. 열일곱 걸음이다. 십 미터가 조금 넘을 듯하다. 창문이 활짝 열려 있는 지구대에는 순경 한 사람만 책상에 얼굴을 묻은 채 자고 있다. 사내는 다시 오동나무가 있는 곳까지 걷는다. 스물여섯 걸음이다. 담 너머로 보이는 면사무소에도 두 사람만 앉아 있다. 한 사람은 컴퓨터 모니터를 들여다보고 있고 한 사람은 서류를 뒤적이고 있다. 사내는 돌아서 광장을 바라본다. 발자국 수로 보아 아버지가 쓰러져 있던 곳까지 육칠 미터 정도일 것 같다. 칼 던지는 솜씨만 있다면 사람 하나쯤은 맞출 수 있을 거리다.

   매미들의 풍악 소리가 더욱 요란해진다. 말매미뿐이 아니다. 참매미, 쓰르라미, 깽깽매미 등 모든 매미들이 모여 오케스트라를 연주하고 있는 것 같다. 광장의 땡볕들이 매미들의 풍악에 맞추어 오페라를 펼치고 있는 듯 현란하게 움직이고 있다. 관람객이라고는 하나뿐인 사내를 위해 베르디의 오페라 가면무도회를 공연하고 있는 것처럼 보인다. 사내가 아내와 보았던 오페라 가면무도회다. 눈부신 빛 속의 분홍, 노랑, 빨강, 하양, 검은 가면들이 춤을 추고 있다. 사내는 오페라 가면무도회를 관람했을 때처럼 땡볕들의 오페라에 빠져든다.
   노란색의 화관 가면을 쓴 땡볕이 귀부인의 자태로 우아하게 춤을 추고 있다. 다른 가면의 땡볕들이 그녀와 춤을 추고 싶어 한다. 그러나 그녀는 사랑하는 사람을 찾고 있다. 붉은 망토에 도깨비 가면을 쓴 땡볕이다. 차례가 되자 노란 가면과 춤을 추는 붉은 망토의 도깨비 가면이 속삭인다. 남편이 무슨 가면을 썼느냐고. 노란 화관 가면이 대답한다. 선비 가면을 썼다고. 도깨비 가면이 선비 가면을 찾는다. 선비 가면은 아무것도 모른 채 짝을 바꾸며 춤을 추고 있다.

오동나무 속 말매미들의 풍악 소리가 더욱 요란해진다. 마치 오케스트라의 클라이맥스같이 빠르고 강렬하다. 사내의 맥박도 빠르게 뛰고 있다. 도깨비 가면이 선비 가면과 춤을 출 차례에 이르자 붉은 망토 속에 감추었던 칼을 꺼내 선비 가면의 등에 깊이 찔러 넣는다. 선비 가면이 '으윽!' 하고 소리 지르며 그 자리에 쓰러진다. 춤추던 가면들이 혼란에 휩싸인다. 그사이에 도깨비 가면이 유유히 현장을 빠져나간다. 말매미들의 풍악 소리가 고조되고 광장에는 땡볕들이 눈부시게 반짝이고 있다.

현란한 땡볕에 잠시 혼란에 빠졌던 사내가 광장으로 나간다. 땡볕들이 사내에게로 모여든다. 무언가 집히는 것이 있느냐는 듯이. 오랜만에 만난 친구들이다. 어렸을 때는 늘 같이 놀았다. 여름방학이면 땡볕이 쨍쨍한 광장을 지나 오동나무 숲으로 매미를 잡으러 다녔다. 그럴 때면 땡볕들은 말매미가 어디에 있는지 잘 보이게 해 주었다. 개천에서 수영을 할 때면 땡볕들은 찬물에 소름 돋는 사내의 몸을 따뜻하게 감싸 주며 속삭이기도 했었다. 세상에는 알 수 없는 일들이 많지만 우리는 다 알고 있다고. 사랑채 툇마루에 앉아 채송화와 봉숭아, 맨드라미와 나리꽃이 피어 있는 정원을 바라보고 있을 때면 우리는 뿌리 얕은 생명들을 죽이고 뿌리 깊은 생명들에게는 꽃을 피우게 해 주지 하고 속삭이기도 했었다.

광장의 땡볕들이 그때처럼 속삭이고 있다. 우리들의 창고에
는 현장에서 직접 보고 들은 이야기들이 저장되어 있다고. 사람
들은 잊어버린 지 오래지만 우리들 빛나는 창고에는 조금도 변
하지 않은 채 저장되어 있다고. 사내는 정신이 번쩍 든다. 출처
불명인 칼 하나뿐 다른 증거가 없다고 경찰이 끝내 범인을 찾아
내지 못했던 사건이다. 사내는 경찰의 현장 조사 때도 어머니를
참고인으로 부를 때도 따라 나갔었다. 중학교 2학년이었던 사내
는 백주 대낮에 칼을 찌른 놈 하나 잡아 내지 못하는 경찰을 원망
했었다. 경찰이 한심스러웠다. 그러나 검찰도 일 년 가까이 수사
한 끝에 기소 중지로 종결시켰다. 마을을 벌통 쑤시듯 뒤집어 놓
은 뒤였다.

그날 광장에 모였던 사람들뿐만 아니라 마을에서 의심받을
만한 사람들은 모두 경찰서에 불려 가 조사를 받았다. 사람들은
날마다 언쟁을 벌이고 불평불만의 목소리가 높아 갔다. 서로를
의심하고 경찰을 욕하고 죽은 사내의 아버지까지 들먹였다. 범
인은 마을에 있다고 주장하는 사람들도 있고, 최 첨사(대대로 참
판과 참의 등 벼슬을 한 집안이라고 그렇게 불렀다)가 워낙 대쪽 같으
니 앙심을 품은 사람이 많을 것이라는 사람들도 있었고, 리조트
사업을 끌어들인 패거리거나 그 사업체의 누군가가 한 짓일 거
라는 사람들도 있었다.

그러나 분란과 소문만 무성했을 뿐이었다. 못 잡는 건지 안 잡

는 건지 모를 지경이었다. 검찰이 서면으로 보내온 사유에는 아버지와 원한이나 이해관계가 얽힌 사람들을 모두 조사했고 읍내의 불량배까지 수배했지만 모두 알리바이가 있고 증거가 불충분하여 수사를 중지한다는 내용이었다. 완전히 미궁에 빠진 사건이나 마찬가지였다. 그러나 땡볕이 보여 준 그놈, 붉은 망토에 도깨비 가면을 쓴 놈이 누구인지 마을 사람들은 짐작하고 있는 것 같았다. 하지만 허투루 말할 수 없고, 또 이해관계가 얽혀 있어 그런지 사람들은 쉬쉬하기만 했었다.

사내는 범인이 누구인지 잡아내어 아버지의 원한을 풀어 드리고 싶었다. 범인은 마을에 있고 고등 검찰청에 항고하면 잡을 수 있을 것 같았다. 중학교가 있는 읍내 변호사 사무실에 찾아가 알아보니 항고하는 방법이 있었다. 사내도 중학교 3학년이었다. 선조 대대로 사람의 도리를 지키며 살아온 최씨 가문의 유일한 장손이었다. 사내는 어머니를 앉혀 놓고 말했다.

"어머니! 범인을 잡아 낼 방법이 또 있습니다. 제가 알아냈습니다. 그놈을 꼭 잡아야 합니다. 그래야 아버지의 원한을 풀어 드릴 수 있지요."

"네가 어떻게? 검찰도 잡지 못한 범인이다."

어머니는 잘라 말했다.

"고등검찰청에 항고하는 방법이 있습니다. 어머니, 제가 읍내에서 알아보았습니다. 좀 더 과학적이고 치밀하게 수사한다고 합니다."

"아서라. 경찰과 검찰이 일 년이 넘도록 수사해도 찾아내지 못한 범인을 고등검찰이라고 별수 있겠느냐. 또다시 마을 사람들을 괴롭히면 미움을 받아 이제 마을에서는 더 이상 살 수도 없다. 그러니 이제 너도 그만 마음을 접어라."

사내는 어머니가 이해되지 않았다. 적극적으로 나서야 할 어머니였다. 집안에 이제 어머니와 사내뿐이고 아버지가 없는 집안은 생각할 수도 없었다.

사내가 오동나무와 면사무소 담장 사이를 따라가 본다. 오동나무 숲이 끝나는 지점에 폭이 좁은 도로가 가로지르고 도로 건너 붉은 양철집이 있다. 아들 칠 형제의 득세에 마을뿐 아니라 읍내까지 소문이 난 집이다. 그중에 육손이라고 소문난 사람은 군 의원을 하고 있었다. 왼손 엄지손가락 옆에 작은 손가락이 하나 더 붙어 있는 것을 행운의 손가락이라고 애지중지 달고 다닌다는 사람이다. 그 여섯째 손가락의 행운인지 아니면 형제들의 득세 때문인지 요즈음은 군수가 되어 시내에 살고 있다고 했다. 칠 형제 중에 누군가는 붉은 양철집에 살고 있는 듯 마당에 빨래가 걸려 있다.

사내가 다시 광장으로 나와 도로 건너 오봉산을 바라본다. 버스가 섰던 도로 밑으로 가옥 20여 채가 전과 다름없이 앉아 있다. 마을을 지나 개천 건너에 있는 오봉산도 무성한 숲으로 싸여 있고 그 밑으로 골프코스가 땡볕 속에 넓게 방치되어 있다. 골프를

치는 사람들은 없는 것 같다. 사내는 골프장을 천천히 살펴본다.

골프장이 생기기 전에는 해발 7백 미터인 오봉산 깊은 골짜기의 폭포에서 시작된 물줄기들이 광활한 들판으로 흘러가고, 소나무와 오리나무 백양나무들이 늘어서 있고, 아카시아꽃이 하얗게 피고, 찔레꽃과 산딸기의 빨간 열매가 푸짐했던 곳이다. 넓게 펼쳐진 밭마다 감자꽃이 피고, 수박과 참외가 익어 가고, 수수와 콩, 배추와 무가 가득하기도 했었다. 그곳에는 할아버지가 지었다는 사당도 있었다. 골프장 왼쪽 깊숙이 클럽하우스 지붕이 살짝 보이고 나무들 사이로 긴 코스와 그린 위에 하얀 깃발을 매단 깃대가 서 있다. 살수차 한 대가 분무를 일으키며 돌아다니고 있는 것이 보인다.

사내는 골프코스를 바라보며 감회에 젖는다. 아버지가 저곳에 있던 밭과 사당을 빼앗기지 않았다면……? 아마도 가문의 은덕을 지키며 들판의 많은 논과 함께 좀 더 풍요롭게 살고 있을 것이다. 할아버지가 그랬고 아버지가 그랬던 것처럼. 그런데 넓은 밭과 사당은 온데간데없고 농촌에 어울리지도 않는 골프장이 들어서 있다. 작은 읍 변두리에 느닷없이 들어선 골프장이다. 사내가 초등학교를 졸업하고 막 중학교에 들어간 때였다. 그때는 어려서 잘 몰랐지만 이제 와서 생각하니 그때의 상황들이 생생하다. 마치 땡볕의 빛나는 창고에 저장되어 있던 옛날의 일들이 쏟아져 나오는 것처럼.

-그렇지! 그때를 생각해 봐. 너의 아버지를 죽인 사람이 누구

인지. 또 공모한 사람은 누구인지.

"공모한 사람이 있다고?"

사내가 깜짝 놀란다.

-서두르지 마. 차차 알게 될 거야.

땡볕들이 사내의 귓가를 맴돈다.

-시간의 문만 열면 그때의 일들이 고스란히 나오니까.

사내는 땡볕들의 속삭임에 홀린 듯이 서 있다. 어제 있었던 일처럼 펼쳐지는 장면이 있다.

"여러분, 제가 우리 청천면이 도약할 길을 찾아냈습니다. 지금까지는 우리 면이 산과 들이 어우러져 농산물로 먹고살았지만 요즘 들어 여러분도 알다시피 외국에서 농산물이 마구잡이로 들어와 쌀값이 매년 떨어지고 채소도 해마다 그 값이 들쑥날쑥하여 정신을 차릴 수가 없습니다. 바야흐로 원시산업인 농업 시대는 갔다는 이야깁니다. 이제 세계 경쟁시대가 되었고 수출이 우리를 먹여 살리고 삼차산업이 돈이 되는 시대입니다. 그래서 제가 생각한 것이 있습니다. 천혜의 조건을 갖추고 있는 오봉산 자락에 골프장을 건설하면 지주들은 높은 보상금을 받아 편하게 먹고살 수 있고, 또 농사를 짓는 농민들은 몰려드는 사람들에게 농산물을 직접 팔아 높은 값을 받을 수 있으니 이 얼마나 푸짐한 떡입니까."

군 의원인 육손이가 일어나 열변을 토했다. 넓은 유리창으로 안이 훤하게 들여다보이는 면사무소 회의실이었다. 둘러앉은 사람들은 이게 무슨 말인가 싶은 얼굴로 서로를 바라보았다. 청천 면장 최갑성, 군청에서 나온 산업과장, 수리조합장 이씨, 영농조합장 김씨, 일구 이장, 이구 이장, 그리고 사내의 아버지와 몇몇 마을 어른들이었다.

"말을 듣고 보니 그럴 듯도 한데, 그러면 골프장을 건설할 사업체는 있다는 말입니까?"

일구 이장이 질문했다.

"물론입니다. 콘도 등 레저사업을 주로 하는 서울의 큰 업체와 이야기가 되어 있습니다. 업체 사장도 오봉산 주변을 둘러보고 조건이 아주 좋다고 만족해했습니다."

육손이 면장과 눈을 맞추며 자신 있게 대답했다.

"하지만 그곳이 논밭과 자연녹지로 되어 있는 곳인데 골프장 건설이 가능합니까?"

영농조합장의 질문했다.

"내가 누굽니까? 여러분이 뽑아 준 군 의원 아닙니까. 우리 면을 위해 오봉산 일대를 군 차원에서 개발하려 합니다. 정부에서도 나라 경제를 위해서도 풀어 줄 것입니다. 그것은 제게 맡겨 주셔도 됩니다. 그렇지요? 정 과장님!"

육손이 군청에서 나온 과장에게 다짐을 받듯이 물었다.

"예. 국토부에 알아보았습니다. 어려운 때인 만큼 정부에서도 농촌 사정을 고려하여 형질변경을 해 줄 수도 있다는 입장입니다."

과장이 벌써 알아본 듯이 말했다. 육손이 더욱 의기양양했다.

"골프장에 독성이 강한 약품을 시도 때도 없이 뿌린다고 알고 있는데 그 약물이 하천으로 흘러들어 넓은 들판의 곡창지대를 오염시킨다면 그 공해는 어쩝니까?"

수리조합장이 일어나 목소리를 높였다. 앉아 있던 마을 어른들이 사람들이 '맞아! 그렇지!' 하며 술렁였다.

"그건…… 그건, 해결될 방법이 있을 겁니다. 독성이 없는 약을 쓴다든지…… 어쨌든 우리가 감독한다면……."

육손이 갑자기 당하는 일격에 당황하며 얼버무렸다.

"독약도 독약이지만, 조용하게 잘 사는 마을에 외지 사람들이 몰려와 아이들이나 부녀자들 마음까지 다 흔들어 놓는다면 그건 또 어쩔 겁니까?"

이구 이장도 일어나 핏대를 올렸다. 오봉산자락과 마주 보고 있는 마을이다.

"그런 것은 다 기우에 지나지 않습니다. 어차피 날이 갈수록 변하는 세상입니다. 우리 스스로 대처해야 하고요. 문제는 경제지요. 우리 면이 더욱 잘살 수 있게 된다는 것입니다. 골프장이 뿌리는 살충제 문제도 우리가 감시를 잘하면 문제가 될 게 없습니다."

면장이 일어나 점잖은 말투로 말했다.

"면장님! 독성 살충제도, 갑작스런 환경의 변화도 우리가 감당하기 어려운 문제입니다. 더구나 우리 청천면은 풍광이 좋고 농산물이 풍부한 전형적인 농촌 마을입니다. 외국 농산물이 몰려온다지만 우리도 농사 방법을 개선하여 품질 좋은 농산물을 생산한다면 얼마든지 대응할 수 있습니다. 또한 조상 대대로 지켜 온 오봉산을 훼손시킨다는 것은 있을 수 없는 일입니다."

최 첨사로 불리는 사내의 아버지였다. 뒤이어 마을 어른들의 목소리가 높아지고 육손이의 표정이 험악해지고 있었다.

빛나는 땡볕들이 환기(喚起)시켜 주는 기억이다. 그때 아버지를 따라간 사내는 턱에 닿는 회의실의 열린 유리창을 통해 회의 장면을 훔쳐보았었다. 면사무소에서의 회의가 신호탄이 되었다. 마을에는 조용한 날이 없었다. 군에서는 본격적으로 사업을 진행시키고 마을에서는 매일 사람들의 목소리가 높아 갔다. 골프장은 절대로 안 된다는 사람들과 마을의 발전을 위해 필요하다는 사람들이었다. 골프장에 대해 잘 모르는 사람들은 우왕좌왕기도 했다. 뜨거운 땡볕 속에 마을은 부글부글 끓었다. 골프장을 반대하는 사람들과 마을을 드나드는 레저업체 직원들 사이에 싸움이 붙기도 했다. 그러나 보상금을 타 가는 사람들이 하나둘 생기면서 분위기는 변해 갔다. 읍내에 사는 땅주인들은 물론 많은 돈에 마음이 돌아간 마을 사람들은 뙤약볕 아래서 고생하며 농사짓는 것보다는 목돈을 이용하는 것이 좋지 않겠느냐며 자랑스럽게 말하기도 했다.

그러나 사내의 아버지는 사당을 지켜야 했다. 독자인 사내의 할아버지가 자손을 번창하게 해 달라고 오봉산 자락 밭머리에 사당을 짓고 예조참판을 지냈던 7대조 할아버지와 조상님들의 위패를 모신 곳이었다. 2대 독자인 사내의 아버지도 아들 하나였다. 팔천 평 밭도 할아버지의 할아버지 때부터 지켜 온 땅이었다. 죽어도 못 내놓을 밭과 사당이었다.

뙤약볕이 쨍쨍한 날 마을 사람들과 들판에 사는 사람들이 합세하여 군청으로 몰려갔다. 경운기와 트럭까지 동원한 행렬은 200미터가 넘었다. 사내의 아버지와 수리조합장과 영농조합장 그리고 이구 이장과 마을 어른들이 앞장섰다. 사내도 자전거를 타고 행렬 뒤를 따라갔다. 사람들이 꽉 찬 경운기마다 앞에는 펄럭이는 깃대를 꽂았다. '농촌은 농민들의 것이다! 뿌리 깊은 삶의 터전을 파헤치지 마라!' 땡볕들이 구호를 외치는 사람들의 목소리를 더욱 크게 더욱 멀리 가게 해 주었다. 군청 마당에서도 땡볕은 사람들을 응원했다. 구호 소리가 군청 마당에 가득 울려 퍼지게 하고 깃발들이 더욱 빛나게 해 주었다. 사내는 의기양양했다. 골프장은 발도 못 붙이고 오봉산과 사당은 온전하게 지켜질 것 같았다.

하지만 얼마 지나지 않아 오봉산 자락에 불도저가 나타났다. 한 대가 아닌 불도저들이 굉음을 내며 이리저리 산자락을 밀고 다녔다. 사내의 아버지는 면사무소로 군청으로 부리나케 돌아다녔다. 사람들 대부분이 보상금을 타 갔다는 것이었다. 사내의 아버지는 골프장 반대 위원회 사람들과 매일 회의를 했다. 정부에 탄원서를 내고 현장에 나가 몸으로 저지하기로 했다. 위원회 사람들은 오봉산만은 지켜야 한다며 사내의 아버지에게 힘을 보탰다. 마을 젊은이들도 팔을 걷어붙이고 나섰다. 오봉산 자락은 매일 불도저와 사람들로 아수라장이 되었다.

그러던 것이 한낮에 허무하게 무너지고 말았다. 사내의 아버지가 칼을 맞은 후 수사가 시작되는 동안에도 불도저들은 오봉산 자락을 밀고 다녔다. 얼마 지나지 않아 사당도 밭도 뭉개졌다. 사내의 아버지가 지키기 위해 목숨까지 잃었던 사당이었다. 사내는 어떻게 된 일인가 싶어 면사무소로 읍사무소로 찾아갔다. 가는 곳마다 어머니가 동의서에 도장을 찍었다며 사내를 거들떠보지도 않았다.

"어쩔 수 없었다. 군에서 하는 일이고 사람들이 모두 돈을 받아 나가는 마당에 혼자서 지켜 낼 수 없었다. 어머니가 하는 대로 따라오너라."

사내는 허탈했다. 사전에 이야기 한마디 하지 않았던 어머니였다.

"어머니는 어떻게 저하고 상의도 없이……."

사내는 어머니가 야속했다. 아니, 어머니가 이상하다는 생각까지 들었다.

"다 너를 위한 일이다."

어머니가 말했다. 논과 집까지 모두 팔아 이 몹쓸 동네를 벗어나 서울에 가서 살자고. 어머니가 그렇게 생각했다면 이해할 만도 했다. 사내도 살고 싶지 않은 동네였다. 매일이다시피 아버지가 쓰러진 광장을 지나 학교에 가야 하기도 했다.

　광장으로 들어오는 놈이 있다. 사내는 오동나무 밑으로 슬그머니 몸을 숨긴다. 면사무소 옆길을 따라 어슬렁어슬렁 들어오는 놈은 몸집이 크고 털빛이 하얀 개다. 어디서 본 듯도 한 놈이다. 그렇지! 사내는 알아본다. 붉은 양철집 개새끼가 틀림없다. 사내의 아버지가 칼을 맞았던 광장에도 제 주인과 함께 어슬렁거렸던 놈이다. 그놈의 새끼인지도 모른다. 아니면 새끼의 새끼인지도.

　사내가 호주머니에서 단도를 꺼낸다. 오동나무 밑에서 광장 가운데에 있는 놈에게 얼마나 정확하게 칼을 꽂을 수 있는지 확인할 수 있는 좋은 기회다. 사내는 그놈의 머리통에 정확하게 칼을 꽂아 넣을 수 있는지 시험하고 싶다. 아버지가 죽은 후 칼 던지기를 했던 칼이고, 오늘 아침에 아내의 허벅지에 찔러 넣었던 칼이기도 하다. 아내를 사랑했으므로 그에 대한 보답이었다. 곱게 보내려고 했지만 아내의 고백을 듣는 순간 끓어오르는 가슴을 감당할 수 없었다.

　사내는 손수건을 꺼내 칼날을 깨끗이 닦는다. 더러운 개새끼에게 아내의 흔적을 묻힐 수는 없다. 사내는 광장을 주시하며 개가 아버지가 쓰러져 있던 곳까지 가기를 기다린다. 개도 어떤 낌새를 느꼈던 것일까. 오동나무 쪽을 바라본다. 그 순간 사내가 손바닥에 붙이고 있던 칼을 잽싸게 던진다. 수도 없이 연습했던 칼이다. 육칠 미터 거리에서 얼마나 정확하게 목표물(동그라미)에 칼을 꽂을 수 있는지 연습하기도 했다. 정원 꽃밭에 나무판자를 세워 놓고 사랑채 그늘에서 칼을 던졌다. 읍내 문방구에서 산 박달나무 케이스에 스테인리스 칼날을 접어 넣을 수 있는 칼이다. 사내의 어머니가 중학생이 이게 무슨 짓이냐며 당장 그만두라고 소리쳤다. 사내는 그냥 재미로 해 보는 거라고 둘러댔다. 대학 축제 때에는 다트게임(화살촉 던지기)에서 노트북을 타기도 했었다.

오동나무 그늘에서 튀어 나간 칼이 햇빛에 반짝반짝 빛나며 정확하게 놈의 눈과 눈 사이에 꽂힌다. 개가 '깨갱 깽!' 하는 소리를 내지르고 그 자리에 쓰러진다. 나와 보는 사람은 아무도 없다. 사내가 주변을 살펴보고 광장으로 나간다. 가까이 가서 본 개새끼는 햇빛 속에서 보던 것보다 더 크다. 잘 먹어 그런지 살이 통통하게 찐 놈이 눈을 하얗게 뜬 채 쓰러져 있다. 입을 크게 벌리고 혀를 길게 내밀어 마지막 숨을 헐떡이고 있는 놈의 주변으로 흥건하게 퍼진 피가 땅바닥을 검게 물들이고, 하얀 털에 번진 피가 꽃무늬를 이루고 있다. 머리에 정확하게 들어간 칼은 털 속에 깊숙이 박혀 보이지 않는다. 바람이 불고 있는 것일까? 아니면 개새끼가 마지막 숨을 몰아쉬고 있기 때문일까? 털끝에 맺힌 빨간 핏방울들이 붉은 꽃송이처럼 흔들리고 있다.

붉은 꽃! 사내는 침대 위에서 피어나던 꽃들을 떠올린다. 하얀 침대에 빨간 백일홍 꽃처럼 피어났었다. 아내는 '윽!' 하고 사내가 입속으로 빨아들였던 혀를 빼내며 벌떡 일어났다. 침대가 이내 피로 물들었다. 물든 피는 꽃밭을 이루었고 아내가 뒤로 물러날 때마다 떨어진 핏방울은 꽃송이를 만들어 내고 있었다.

회사에서 회식이 있어 늦겠다던 아내는 햇빛이 쨍쨍한 아침에야 들어왔다. 사내는 밤새 자지 않고 기다리고 있었다. 아내와 담판을 지어야 할 때가 왔기 때문이었다. 사랑을 위해 고군분투하고 허탈해하고 안타까워하고 절망하면서도 미련을 버리지 못하던 아내였다. 그러나 이제는 그 미련마저 버려야 했다.

결혼하고 일 년이 지나자 아내는 가끔씩 핑계를 대고 늦게 들어왔다. 친구를 만났다거나 회식 자리가 길어졌다거나 또는 저녁 먹고 이차를 따라가다 보니 늦었다고 했다. 그러나 열두시를 넘긴 적은 없었다. 그것이 사랑했던 남편에 대한 배려이고 예의였는지 몰랐다. 사내는 그렇게 생각했다. 그래서 사내는 아내가 늦을 때마다 눈치를 채고 있었지만 모르는 척했다. 아내가 원하는 사랑을 줄 수 없기 때문이었다.

사내는 결혼하기 전까지 전연 모르고 있었다. 대학에 다닐 때도 여자에게 관심이 없었을 뿐이었다. 그래서 다른 친구들이 다 하는 연애 한번 하지 않았다. 신혼 첫날밤에도 결혼식 후에 친구들의 술 세례와 긴 비행시간의 피로 때문인 줄 알았다. 그러나 신혼살림을 차리고도 아내와의 섹스가 잘 이루어지지 않았다. 남근이 일어나기는 했지만 **빳빳하게** 힘이 들어가지 않았다. 정액도 머릿속 어딘가에 빨리 사정하라고 명령을 내리는 본부가 있는 것처럼 일찍 터져 나왔다.

사내는 의사가 말해 준 자가 치료 방법을 시험해 보기도 했다. 육 개월 동안 서로 배려하며 노력한 끝에 간 병원이었다. 사내는 발기한 음경을 질 외부에서 손으로 자극하여 사정 느낌이 오면 중단하고 느낌이 없어지면 다시 음경을 자극하는 훈련을 계속했다. 시즈만 기법이라고 했다. 아내도 협조했다. 그러나 효과가 나타나지 않았다. 아무리 훈련을 해도 정액이 일찍 터져 나오는 것은 마찬가지였다. 정액이 나온 후에는 아무리 용을 써도 슬그머니 사그라졌다.

그렇게 또 몇 개월이 지나갔다. 아내가 더 이상 참을 수 없어 하는 것 같았다. 사내는 아내를 위해 마지막으로 음경배부신경차단 수술을 했다. 귀두로 가는 감각신경의 일부를 차단하는 수술이었다. 부작용도 없는 간편한 수술이었다. 그러나 수술 후에도 아내가 그렇게도 바라던 경지에는 이르지 못했다. 수술이 잘못되었는지 몰랐다. 아니면 머릿속에 명령하는 기관이 여전히 살아 있어서 그런지 몰랐다.

마지막 진단에서 의사는 심인성 조루증이라고 했다. 대뇌가 민감해서 생기는 조루인데 신경 계통에 이상이 있으면 너무 예민하게 반응한다는 것이다. 유전적인 성향이 있다고도 했다. 그러니 발기보조제와 마음의 훈련으로 극복하라고 했다. 하지만

151

뜻대로 되지 않았고 아내의 욕망과 불신은 점점 커져 갔다. 사내는 어린 시절 어쩌다 잠에서 깨어나면 대청마루 건너 안방에서 들려오는 아버지의 헉헉대는 숨소리와 그 뒤에 이어지는 어머니의 신경질적인 목소리가 떠올랐다. 아버지가 왜 헉헉대며 고통스러운 신음 소리를 냈는지, 어머니가 왜 아버지를 무시했는지 알 것 같았다.

사내의 아내는 결혼 전 남자와의 성경험을 잊지 못하고 있었다. 온몸을 뜨겁게 달구는 남자와의 불같은 사랑이 어떤 것인지 알고 있었다. 아내는 결국 헤어지자고 했다. 사내는 아내에게서 고백을 듣는 순간 패배자의 비애가 가슴을 훑고 지나갔다. 정성을 다해 쌓아 올린 인생이 하루아침에 무너지는 심정이었다. 아버지를 잃고 어머니와 갈등을 빚으면서 지켜 내려 했던 가정이고 삶이었다. 사내는 결혼을 하면 자식을 다섯쯤은 낳아서 외로운 가슴을 채우고 최씨 가문을 풍성하게 하고 싶었다. 아들도 둘 이상은 낳아서 대대로 내려오는 외아들의 고리를 끊고 싶었다. 아내도 그렇게 하자고 했다. 사내가 원한다면 열 명이라도 낳겠다고. 물론 농담이겠지만 사내는 고마웠다. 사내에게는 운명적으로 만난 아내였고 오직 한 번뿐인 사랑이었다.

꽃밭이 넓게 펼쳐져 있는 한강 둔치에서였다. 하얀 옷을 입은 여자가 뙤약볕 속에 홀로 앉아 있었다. 꽃밭에서 떨어져 나온 한 송이 백합꽃 같았다. 둔치에는 백합꽃 밭만 있는 것이 아니었다. 백일홍 꽃밭도 있고 채송화와 봉선화같이 작은 꽃들을 모아 심은 꽃밭이 있는가 하면 원추리 꽃밭도 있었다. 멀리로는 해바라기 꽃밭이 끝없이 펼쳐져 있기도 했다. 뙤약볕이 기승을 부리기 시작하는 칠월 중순이었다. 불어오는 강바람이 시원했다.

사내는 점심시간이면 한강 둔치로 나가곤 했다. 어머니와의 갈등과 복잡한 업무에 시달리는 머릿속을 강바람에 씻어 내고 싶었다. 하루가 멀다 하고 변하는 세상에 앞서 나가야 하는 로봇의 설계는 쉴 틈 없는 노력이 필요했고, 상사의 질책이 끊이지 않았다. 시골집도 정리해야 했다. 서울에 올라와 살자고 했던 어머니는 이런저런 핑계로 고향을 떠나지 않았다. 많은 논과 큰 집이 팔리지 않는다고 하더니 요즈음에는 아예 고향에 눌러살고 싶다고 했다. 농사도 기계화되었고 덕칠네 식구들이 도와주니 살만하다는 것이었다.

다음 날도 여자는 거기에 앉아 있었다. 가까이 가서 보니 하얗게 시들어 가고 있는 백합 같았다. 사내는 뙤약볕 속의 여자가 외로워 보였다. 자신과 같은 마음일 것이라는 생각이 들었다. 바라다보이는 한강은 물결이 거세었다. 여자는 어제보다 조금 더 강과 가까이 앉아 있었다.

둔치에는 아이들이 많았다. 엄마들은 나무 그늘에서 이야기에 빠져 있고 아이들은 깔깔거리며 꽃밭 사이를 뛰어다녔다. 뙤약볕에도 꽃들은 싱싱했지만 강물과 가까이 앉아 있는 여자는 자꾸만 시들어 가는 것 같았다. 다음 날도 여자는 그 자리에 앉아 있었다. 아니, 강물에 더욱 가까이 앉아 있는지도 몰랐다. 여자가 은빛 아지랑이에 흔들리고 있는 것 같았다. 사내가 여자 옆에 조금 떨어져 앉았다. 여자가 돌아보았다. 여자의 얼굴이 하얗게 보였다. 사내는 왠지 모르게 동질감을 느꼈다. 여자가 다시 강물을 바라보았다. 사내도 무심히 강물만 내려다보았다.

그다음 날도 사내는 여자 옆에 앉았다. 어제보다 조금 더 가까이였다. 돌아보는 여자의 눈빛이 '나를 좀 도와줘요. 내게 물을 좀 줘요.' 하고 말하는 것 같았다. 이심전심인지도 몰랐다. 여자도 사내가 외로움에 시달리고 있는 줄 알았다. 여자가 앞을 보며 조용히 말했다.

"정경(情景)이 들리는 것 같지 않아요?"

"……!?"

사내는 적이 놀랐다. 여자도 자신의 마음을 읽고 있는 것 같기 때문이었다. 그러나 여자가 무슨 말을 하고 있는지 몰랐다.

"아지랑이 속에서 서서히 다가오는 저 소리 말예요. 감미롭게 들리다가 점점 웅장하게 울리는 소리. 차이콥스키의 백조의 호수 발레곡 중 '정경'에 나오는 오케스트라 연주 말이에요."

여자가 남자를 돌아보며 설명했다. 눈동자가 맑았다.

"그런가요? 그러고 보니……."

사내는 그제야 여자의 말을 알아들을 수 있었다. 조용히 흐르는 물에 때로는 웅장한 소리가 들리기도 했다. 차이콥스키의 백조의 호수 발레곡 중 '정경'! 사내도 그 발레를 보았었다. 사내가 여자를 다시 보았다. 깨끗하고 아름다운 얼굴이었다. 여자도 사내를 보았다. 마음을 주어도 괜찮을 것 같은 남자였다. 몸과 마음을 농락하고 돈까지 후려 간 첫 번째 남자와는 달라 보였다. 자신의 상처를 보듬어 안아 줄 다정다감한 남자 같았다. 여자의 사무실 옆 건물에 사내의 회사가 있었다. 사내를 알아볼 만한 회사였다. 둘은 한강 둔치에서 자주 만났다. 서로의 마음을 이야기했고 어느 날 해바라기꽃밭에서 진한 키스를 했다.

사내는 그날처럼 아내를 침대로 끌어들였다. 아내는 순순히 끌려 들어왔다. 사내는 아내에게 첫사랑을 주었을 때처럼 키스를 했다. 그리고 격정의 키스를 하는 동안 호주머니에서 칼을 꺼내 아내의 허벅지에 찔러 넣었다. 일격을 당한 아내가 벌떡 일어나 비틀거리며 침대 구석으로 도망갔다. 그러나 아내는 악을 쓰지도 소리를 지르지도 않았다. 다만 아내의 주위로 자꾸만 붉은 꽃이 피고 있을 뿐이었다.

-자, 갑시다. 시간은 우리 편이니까.

땡볕들이 앞장서 도로로 나간다. 사내는 땡볕들을 따라나선다. 경찰지구대 담장 모서리 안에 있는 호두나무에서 말매미들이 요란스럽게 울고 있다. 승전을 축하하는 트럼펫 행진곡 같다. 멀리 들판이 있는 곳까지 땡볕들의 행렬은 끝이 없다. 들판에서도 땡볕들의 가면무도회가 열리고 있는지 푸른 잎들은 보이지 않고 눈부신 햇빛 아지랑이만 아롱거리고 있다. 기상청의 일기 예보에도 연일 수은주의 높이를 갈아치우며 저수지마다 물을 말리고 있다는 이야기뿐이었다.

두 달 동안 비 한 방울 내리지 않았다. 언제 포장을 했는지 모를 아스팔트도 땡볕에 눅진눅진하게 녹고 있다. 사내가 고향을 떠나기 전만 해도 자갈들이 섞인 단단한 흙길이었다. 사내의 할아버지가 걷고, 아버지가 걷고, 사내가 걷던 길이다. 사내는 이 길을 따라 읍내에 있는 중학교와 고등학교를 다녔다. 외롭고 힘든 시절이었다.

경찰지구대에서부터 이백여 미터쯤에 방앗간이 있다. 행인이라곤 아무도 없다. 오직 사내만 땡볕과 함께 걷고 있다. 이제 고향집까지 얼마 남지 않았다. 아내는 병원에 입원시키고 처제에게 전화를 하였으니 별문제는 없을 것이다. 사내는 어머니와 최후의 담판을 지으리라 생각한다. 그사이 몇 번이나 의논했던 일이다. 그럴 때마다 어머니는 이런저런 핑계를 댔다. 사내는 더 이상 고향에 오고 싶지 않았다.

방앗간 옆으로 갈라져 나간 도로를 따라 멀리 사내가 다니던 초등학교가 보인다. 사내가 가고 있는 넓은 도로를 따라 이십여 미터를 더 가자, 오른쪽으로 소나무와 아카시아나무들 사이로 등마루가 긴 기와집이 보인다. 사내의 어머니가 살고 있는 집이다. 사내는 소나무가 서 있는 동산 끝머리에서 집으로 꺾어 들어가는 길을 따라 넓은 마당으로 들어선다. 동서로 길게 늘어선 행랑채의 벽이 헐어 있고 툇마루에는 먼지가 뿌옇게 쌓여 있다. 서쪽 끝으로는 아예 지붕이 무너져 내려앉아 있다. 농사일을 맡기며 함께 살겠다고 하던 덕칠이네 식구들도 살고 있지 않는 모양이다.

사내가 행랑채 동쪽 끝에 직각으로 서 있는 육중한 대문을 밀친다. 커다란 문짝이 꿈쩍도 하지 않는다. 밖으로 자물통이 걸려 있지 않은 것을 보니 안에서 잠근 모양이다. 사내는 대문 오른쪽에서 구십 도로 꺾이어 오 미터쯤에 있는 작은 문을 밀친다. 사랑채로 들어가는 쪽문이다. '끼익!' 소리와 함께 문짝이 열린다. 사랑채 앞 넓은 정원에는 아직도 많은 꽃들이 피어 있다. 그중에도 커다란 꽃송이가 요염한 참나리꽃들이 돋보인다.

사내가 사랑채를 돌아 안뜰로 들어선다. 안뜰의 넓은 마당에도 땡볕들이 가득하다. 땡볕의 환한 빛 때문일까, 그늘 짙은 대청마루가 어두워 보인다. 집 안이 고요하다. 어머니는 외출을 한 걸까? 사내는 마루로 올라서 대나무 발이 내려진 안방 문 앞에 선다. 방 안에서 움직이는 사람의 모습이 어른거린다.

"어머니, 접니다!"

사내가 대발을 들어 올리며 방으로 들어선다. 그 순간, 맨몸으로 여자와 엉키어 있던 남자가 벌떡 일어난다. 남자의 두 눈이 빨갛게 상기되어 있다. 여자는 어머니가 분명한데 남자는 누구인가? 돌발 사태에 놀란 남자가 충혈된 눈으로 사내를 노려본다. 얼굴은 언뜻 알아볼 수 없지만 왼쪽 엄지손가락 옆에 또 하나의 작은 손가락이 붙어 있는 육손이다. 사내의 머릿속으로 번개처럼 스쳐 가는 것이 있다. 광장의 가면무도회에서 유유히 사라지던 도깨비 가면이다.

"네놈이 내 아버지를!"

사내가 호주머니에서 칼을 꺼낸다. 그놈의 개새끼 머리에서 빼낸 칼이다. 칼에 놀란 육손이가 방 밖으로 뛰쳐나간다. 그러나 사내가 놓칠 리 없다. 육손이의 발가벗은 몸이 안마당의 땡볕들에게 잡히는 순간 사내의 칼이 반짝이며 날아간다. 육손이가 휘둥그레진 눈으로 사내를 뒤돌아보더니 앞으로 나자빠진다. 사내가 어머니를 찾는다. 어머니는 어디로 갔는지 보이지 않는다. 오십 대 중반에도 날씬하고 탄력 있는 몸매를 드러냈던 어머니다.

사내가 다시 대청마루로 나온다. 어머니의 자취는 어디에도 없다. 안마당에서 빛나는 가면을 쓴 땡볕들만 요란하게 춤을 추고 있다. 꽹과리와 징, 장구 소리와 함께 무당이 흰 천을 휘두르며 춤을 추는 것 같다. 사내가 땡볕들의 굿판으로 뛰어들어 엎어져 있는 육손이에게서 칼을 빼낸다. 땡볕의 뜨거운 열기가 맨발바닥을 통해 가슴으로 머릿속으로 전해 온다. 그토록 풀이 죽었던 남근도 빳빳이 올라온다. 사내가 깜짝 놀란다.

—하하하, 잘된 거야.

사내가 주변을 둘러본다. 아무도 없다. 땡볕들만 사내 주변으로 모여들고 있다.

—이제 갑시다. 우리들 세상으로.

땡볕들이 사내에게 어깨동무한다. 사내가 땡볕들과 함께 도로로 나간다. 도로에는 여전히 땡볕들의 퍼레이드가 한창이다.

158

그들의 논쟁

．
．
．

"태극기가아 바아라메에 펄러기입니다아."

소주를 입에 털어 넣은 남성운이 동요 태극기를 부른다. 박자와 음정이 맞지 않는다. 옆에 앉아 있는 가준길이 '야! 여기는 식당이다.' 하고 말린다. 그러나 남성운은 그만둘 기색이 아니다. 넓은 식당의 많은 식탁에 앉아 있는 사람들은 왁자지껄 자기들 이야기에 바쁘다. 멀리 벽에 걸린 대형 TV에서 태극기들이 펄럭이고 있다. 남성운이 저 태극기를 보라는 듯이 노래를 이어 간다.

"하아늘 노오피 아름다압게 펄러기입니다."

노래를 부르는 것이 아니라 어깃장을 놓고 있는 것 같다.

"야! 야! 태극기는 그렇게 부르는 것이 아니다. 동요를 부르려면 똑바로 불러라."

남성운 앞에 앉아 있는 라병기가 퇴박한다.

"그러면 어떻게 부르는 건데? 네가 한번 불러 봐라."

남성운이 혀 꼬부라지는 소리로 투덜댄다.

"태극기가 바람에 펄럭입니다. 하늘 높이 아름답게 펄럭입니다."

라병기도 술에 취해 있기는 마찬가지다. 하지만 초등학교 때 배웠던 그대로 정확하게 부른다. 여기저기서 떠들고 있던 사람들의 얼굴이 여섯 명이 앉아 있는 테이블로 향한다. 누가 난데없이 태극기를 부르느냐는 것 같다. 그러나 홀 한쪽 구석에 자리 잡고 있는 여섯 명은 사람들의 눈총을 받고 있는 줄도 모른다.

"그런데 왜 태극기가 저기에 걸려 있지? 경축일도 아닌데."

남성운 옆에 앉아 있는 가준길이 묻는다. 여섯 명의 눈길이 TV로 쏠린다. 태극기 밑에 있는 긴 포신에서 '펑! 펑!' 소리를 내며 시뻘건 불덩어리가 터져 나가고 있다.

"앞으로 북한이 도발하면 태극기를 걸고 응징하겠다는 뜻이겠지. 태극기는 우리나라 국기니까."

라병기가 말한다.

"태극기는 우리나라 국기니까. 그래서 포격 훈련을 하는 저 대포 끝에 붙인 거라 이거지."

라병기 옆에 앉아 있는 마도운이 그럴듯하다는 듯이 말한다.

"그렇지. 우리나라 사람이면 누구나 다 아는 태극기지. 대한민국 사람들 모두의 머릿속에 각인되어 있는 대한민국 국기니까."

라병기 오른쪽 옆에 앉아 있는 도덕수다. 태극기가 대한민국 국기라는 것을 자랑이라도 하듯이 말한다.

"야! 태극기가 뭐 그리 대단하냐? 동강난 한반도처럼 두 쪽으로 갈라진 태극기다."

도덕수 앞에 앉아 있는 반월성이 맥주를 마시다 말고 반격한다. 남성운을 두둔이라도 하려는 것 같다.

"그래. 반 작가 말이 맞다. 다른 나라 국기들 봐라. 모두 다 국민을 하나로 뭉치는 의미가 있다. 하나의 지향점을 향하는 힘 말이야. 그런데 태극기를 봐라. 분열이고 오합지졸이다. 위쪽은 독재자의 작태가 빨갛게 물들어 있고 아래쪽도 봐라. 정의는 사라지고 거짓이 판치는 세상이다."

남성운이 태극기를 싸잡아 한국 사람들까지 비판한다.

"성운아. 너는 나라 덕에 외국에 나가 잘 살고 왔으면 고마워해야지, 뭐 그리 불만이 많으냐?"

돼지갈비를 뜯고 있던 마도운이 대거리한다. 고등학교를 나온 후 은행에 취직하여 지점장까지 하다 나왔지만 해외 관광은 동남아와 중국 여행 한 번씩 한 것이 고작이다. 세계 각지를 관광하듯 살아온 남성운이 부럽다.

"괜한 태극기 가지고 싸우지 말고 국가를 위해 한잔하자! 우리 모두 대한민국이 있어서 이렇게 술을 마시고 있지 않나."

도덕수가 술잔을 들며 제의한다.

"그래, 좋다."

옆에 앉아 있는 라병기도 동의한다. 모두들 술이 거나하다. 시끄러운 세상에 술이나 먹자고 작심한 사람들 같다.

"대한민국 좋아하지 마라. 정직한 사람은 살 곳이 못 되는 곳이 한국이다. 겉으로 멀쩡하면서도 속을 모르는 사람들이 대한민국 사람들이라고. 요즘 작태를 봐라. 안 그러냐?"

반월성이 맥주 컵을 놓으며 도덕수를 향해 말한다. 동양철학을 연구한다며 태극기를 옹호하는 도덕수가 마음에 들지 않는다.

"그래, 그렇지. 광화문과 서초동 법원 앞에서 둘로 갈라져 자기들이 옳다고 떠들어 대고 있는 세상이다. 어떤 쪽이 옳은지 알 수 없어요. 이 나라엔 정의가 없다니까. 내가 삼십 년 동안 변호사 일을 하면서도 정직한 사람은 한 사람도 보지 못했다. 의뢰인이나 상대방이나 마찬가지더라. 특히나 고의공직자나 사회지도층들이 더 그래요. 뻔히 들여다보이는 것을 법정에서까지 감추고 속이며 피 터지게 싸운다니까."

가길준이 벌건 얼굴로 열변을 토한다. 모두들 가길준을 바라본다. '뭐가 그러냐?' 하는 쪽도 있고 '그렇지, 네 말이 맞다.' 하는 쪽도 있다. 소주잔도 있고 맥주 컵도 있고 막걸리가 담긴 사발도 있다. 고등학교를 졸업하고 사십여 년 만에 만난 친구들이다. 학교 때야 아무 생각 없이 서로 좋아 어울렸지만 각자 적성에 맞는 대학을 가고 또는 형편에 따라 대학을 가지 못하고 사회에 나와 자기 분야에서 일하며 살아와서 그런지 겉모습도 생각도 많이 다른 친구들이다. 학교를 졸업하고 서로 떨어져 소식을 모르고 있던 것을 남쪽 지방의 석유화학회사에 다니던 도덕수가 퇴직하고 올라와 고등학교 때 특별히 친했던 가준길의 사무실에 들랑거리며 하나둘 수배하면서 이렇게 만나게 되었다. 모두 이런저런 사유로 현직에서 물러나 백수가 된 육십 대 초반의 장년들이다. 가준길만 변호사 일을 그대로 하고 있다.

테이블을 중심으로 한쪽으로 가준길, 남성운, 반월성이 앉아 있고 반대쪽으로 마도운, 라병기, 도덕수가 앉아 있다. 오늘은 관악산을 등반하고 내려와 저녁 겸 술파티를 하고 있는 중이다. 모두가 술에 취해서 그런지 요즈음 나라가 시끌벅적해서 그런지 할 말들이 많은 것 같다.

"가 변호사 말이 맞다. 남쪽도 봐라. 온 가족이 세트로 부정을 저지른 고위공직자를 성토하는 군중 수백만 명이 서울역에서 광화문 광장까지 태극기와 성조기를 흔들어 대고, 서초동에서는 또 그를 옹호하는 사람들이 도로를 온통 차지한 채 촛불을 들고 끝도 보이지 않게 앉아 검찰을 개혁해야 된다고 떠들어 대고 있다. 이놈의 나라에는 옳고 그름도 없는 것 같다."

반월성이 가길준을 따라 핏대를 올린다. 중학교 평교사로 퇴직한 작가다. 역사 교사이면서 오래전에 시인으로 등단해 문단에 이름을 올렸다. 시집도 세 권이나 출간했다. 학교를 나온 요즈음은 단편인지 장편인지 소설도 쓰고 있다고 했다. 그래서 친구들은 그를 반 작가라고 부르기도 한다.

"그게 다 태극기 때문이라는 말이냐?"

도덕수가 막걸리 사발을 들다 말고 반문한다. 우리나라 국기인 태극기를 함부로 말하지 말라는 것 같다.

"그렇지. 태극기 때문이라고 할 수 있지. 국기는 그 나라를 상징하는 것이니까. 그런데 태극기를 봐라. 둘로 갈라진 양쪽을 네 개의 검은 작대기들이 지키고 있다."

반월성이 기다렸다는 듯이 받아친다.

"반 작가! 음양의 우주론적 진리가 들어 있는 태극기다. 삼일 독립운동 때 국민들이 얼마나 많은 태극기를 들고 독립만세를 불렀냐? 그런 태극기다."

도덕수가 태극기의 의미를 들이댄다. 동양철학을 연구하고 있는 도덕수다. 「주역」을 통달했다고 했다. 친구들이 모일 때마 다 우리나라가 멀지 않아 통일될 것이라고 떠들기도 했다. 변호 사 사무실의 책상 위치를 바꾸어야 한다고 제언하기도 하고, 친 구들 핸드폰 번호 중에 액운이 따를 수 있는 번호는 생년월일을 풀어 만들어 낸 새로운 번호를 알려 주며 바꾸라고 강요하기도 했다. 친구들의 사주(四柱)풀이나 운세, 자식들의 궁합, 손주 이 름 등 요구하는 대로 봐주기도 한다. 그래서 친구들은 그를 도 도 사라고 부르기도 한다.

"야! 너희들이 언제부터 태극기 사랑이고 나라를 사랑했냐? 골치 아프게 그따위 얘기 집어치우고 술이나 먹자."

마도운이다. 결혼 정년기를 넘기고 있는 아들과 딸이 직장을 못 잡아 결혼할 생각을 하지 않고 있다. 그가 손사래를 치며 맥주 컵을 든다.

"그래. 시끄러운 세상에 술이나 마시자, 이거지."

옆에서 라병기가 소주잔을 들며 호응을 한다. '건강을 위하여'

구호를 외치고 모두가 갖가지 술잔을 부딪치고 마신다. 라병기는 공군준장으로 예편했다. 그래서 친구들이 라병기를 라 장군이라 부르기도 한다. 모두들 그렇게 저마다의 삶을 개척해 왔고 모임을 시작한 지 일 년 가까이 되었다. 고등학교 때도 앞서거니 뒤서거니 공부했었다. 세월이 흘렀어도 고등학교 때의 추억만은 변함이 없다. 여섯 명은 그렇게 모임에 애착을 가지고 있고 오늘도 어김없이 모여 떠들어 대고 있다.

대로변에 있는 돼지갈비집이다. 넓은 홀에 육인용 또는 사인용 테이블이 오십여 개가 놓여 있는 큰 식당이다. 저녁 시간이라 테이블마다 사람들이 꽉 차게 앉아 있다. 연말이고 대학도 가까워서 그런지 젊은 사람들이 많고, 망년회를 하는지 테이블을 붙인 곳도 있다. 태극기 타령을 하고 있는 여섯 명도 망년회를 하고 있는 셈이다. 살아온 세월만큼 저마다의 연륜이 박혀 있어서 그런지 만날 때마다 다양한 소재로 격론을 벌이곤 했다. 오늘도 남성운을 시작으로 태극기를 탁자에 올려놓고 입씨름을 하고 있다.

"이놈의 나라에 다시 오지 않았더라면 좋았을 것을."

남성운이 맥주를 벌컥벌컥 마시고 나서 또다시 불만을 터트린다. '왜 또 그 말이냐?' 하는 친구도 있고 '그래 그렇겠지.' 동정하는 친구도 있다. 남성운의 처지를 알고 있기 때문이다. 삼 년 전까지만 해도 외국에서 고급 캐딜락을 타고 다녔다고 했다. 고등학교를 나온 후 외교공무원시험에 합격하여 세계 여러 나라의 공관에 근무했었다. 그런데 지금은 아파트 전셋돈도 없어 방 두 개의 작은 연립주택에 살고 있다.

준비도 없이 갑자기 불려 들어와 불명예 퇴직을 했고, 가진 돈으로는 값이 치솟는 아파트를 잡을 수 없기 때문이었다. 그나마 아들과 딸이 미국에서 자리 잡고 있어 다행이었다. 불명예 퇴직을 당한 것도 술 취한 장관이 뺨을 때리고 멱살을 잡고 흔들어 대는 걸 방어하다 그렇게 되었다고 했다. 변명했지만 통하지 않았고 오히려 상관 폭행에 상해를 입힌 죄로 강제 퇴직을 당했다는 것이다. 그가 말한 사유는 이랬다.

고위공직자들이 캐나다로 공무여행을 왔을 때였다. 나이아가라폭포 관광을 마치고 오는 차 안에서 식당이 형편없었다고, 왜 그런 식당을 잡았느냐고 불만들을 터트렸다. 며칠을 캐나다 식당에서 고기만 먹어 입안에서 누린내가 난다고 하여 안내한 한국식당이었다. 김치가 그렇게 맛이 없는 것은 처음이라고 불평했다. 올갱이국에는 올갱이가 한두 개 있을까 말까 했고, 된장찌개인지 맨 국물인지 모를 지경이고 생선찜도 잡채도 굳어서 먹을 수 없다고 불평했다. 남 과장은(그 당시 과장이었다) 그래도 캐나다에서 이름 있는 한국식당이라고 변명했다. 그러자 앞에 앉아 있던 장관이 불러 따귀를 때렸다. 뒷돈을 먹었느냐는 것이었다. 멱살을 잡고 흔들어 넘어지지 않으려고 장관의 손을 잡고 실랑이했는데 장관이 손을 삐었다고 난리를 쳤다.

"야! 이 사람아. 그런 소리 하지 마라. 우리나라가 얼마나 살기 좋은 곳인데. 금수강산이란 말도 못 들어 봤어? 비행기를 타고 하늘을 날아 봐라. 곳곳마다 산이고 강이고, 분지마다 옹기종기 모여 사는 동네들이 얼마나 정겨운데. 세상 어디에도 그만한 풍경이 없다."

남성운 앞에 앉아 있는 라병기가 남성운의 푸념을 받아친다. 당당한 몸집에서 장군의 무게감이 느껴지는 라병기다. 공군사관학교를 나왔고 별 하나로 퇴역했다고 했다. 4,000시간 이상의 전투기 비행 경력도 가지고 있다고 했다. 그런데도 별 하나를 달고 나온 것은 지방색과 출신 학교 때문이라고, 술에 취하면 불만을 털어놓기도 했다.

"뭐가 그래? 라 장군! 그건 아니다. 조선 개화기에 외국선교사가 찍은 서울 거리를 네가 못 보았구나. 궁궐 주변과 남대문, 동대문만 빼고 서울 전체가 움막 같은 초가집에 거리는 똥오줌과 오물로 질척거렸다. 한 나라의 수도가 그랬으니 백성들의 삶은 오죽했겠냐. 왕이란 작자들은 나라를 그 꼴로 만들어 놓고 권력에 취해 호의호식하고 있었겠지. 그게 금수강산이고 조선시대였다."

가준길이 소주잔을 식탁에 놓으며 반박한다.

"그래, 그건 나도 어디선가 보았다. 그런데 그뿐만이 아니다. 자기 민족을 노예로 부려 먹은 것도 우리나라뿐이다. 내 말이 아니고 어느 사학자가 조사한 것이다. 서구 열강이고 어디고 모두 전쟁이나 점령지에서 데려온 다른 민족을 노예로 삼거나 돈으로 사 왔지. 그런데 우리나라만 '종'이라는 이름으로 같은 민족을 노예로 부려 먹은 거다."

반월성이 가준길 편을 든다.

"말도 안 되는 소리. 우리나라는 동방예의지국이다. 예전부터 중국에서 우리나라를 일컫는 말이었거든."

도덕수가 발끈한다. 조상들을 폄하하지 말라는 것이다.

"그거야 아주 옛날 우리나라 영토가 넓었을 때였지. 고조선이 나 고구려 때 말이다."

가준길이 나선다. 고시 준비하느라 고대 역사를 많이 공부했었다.

"그건 가 변호사 말이 맞다. 그때의 넓은 영토를 지키지 못하고 모두 빼앗긴 것도 우리 조상들이다. 외부 침략은 또 얼마나 많이 받았나. 그런데도 국가 안보는 뒷전이고 국민들을 가지고 놀기 바쁘거든. 한반도를 둘러싸고 있는 나라들은 최신 무기로 무장하고 있는데 말이야."

라병기가 소주를 입에 털어 넣고 끼어든다. 그는 최신 무기를 도입해야 된다고 신문 칼럼까지 썼지만 공염불이었다.

"라 장군! 왜 그런지 아나? 너도 말했듯이 우리나라 조그만 땅 덩어리에 무슨 산, 무슨 강, 눈만 들면 보이는 산이고 조금만 가면 강이고 내천이다. 산림청이 조사한 것만 봐도 한반도에 사천 사백사십 개의 산이 있단다. 나라 전체가 그렇게 산과 강으로 막혀있으니 소통이 되었겠냐. 교통이 발달하지 않았던 시절에 말이다. 골짜기마다 오순도순 좋지. 그러나 자기들 외에는 모르는 거야. 우물 안 개구리, 아니 좀생이들이었던 거지. 그렇게 굳어져 지금 우리나라 국민이 된 거다. 그러니 정치하는 인간들이 자기 이익에만 눈이 멀어 큰 그림은 그릴 줄 모르는 거야."

반월성이다. 요즈음 돌아가는 나라꼴이나 거짓말을 밥 먹듯 하는 정치인들에게 불만이 많은 그다.

"금수강산이……? 왜 어때서? 산 좋고 물 좋은 우리나란데. 단군이 하늘에 제사를 올리던 마니산을 비롯해 산마다 정기를 품고 있는 백대의 명산이 있거든. 그 정기로 우리나라가 이만큼 발전한 거다."

도덕수가 이때다 싶은 듯이 나선다. 천부경과 단군신검사상을 연구하고 있다는 그다. 산마다 정기가 흐르고 있어 틈만 나면 산을 찾아다닌다고 했다. 천부경은 단군 이전부터 하늘에서 내려 준 경전으로 단군이 나라를 통치하는 이념으로 삼았다는 것이다. 팔십일 자로 된 이 경전은 환웅천왕이 동방의 태백산에 새 역사를 연 뒤에 신지(神誌)에게 명하여 녹도문(鹿圖文)으로 기록하게 하여 세상에 전했지만 아직까지 완벽하게 해독한 사람이 없다고 했다. 그 천부경 해독에 몰두하고 있다는 도덕수다. 천부경에 의하면 우리나라가 머지않아 세계의 중심이 될 거라고 자신 있게 말하기도 했다.

"두 사람의 말이 맞는다고 치자. 그런데 거기에 또 하나 우리가 몰랐던 사실이 있다."

가준길이 다시 합세한다. 논쟁이 점입가경이다.

"우리나라 사람들의 핏줄이 수도 없이 많다는 것이다. 단군의 단일민족이라고 알고 있지만 그것도 아니다. 온갖 종족들이 다 섞였다. 고구려와 백제만 봐도 알 수 있다. 두 나라가 고조선의 예맥족을 주축으로 이루어진 나라라고 알고 있지만 그것도 아니다. 기록에 보면 고구려는 거란, 선비, 오한, 말갈, 부여, 예맥, 서역인 등 다민족으로 이루어진 국가였다. 백제 시조인 온조왕 또한 고구려 시조인 추모왕의 아들이 아니라 부여 시조인 동명성왕의 아들인 거고. 그러니까 백제와 고구려도 엄연히 다른 민족인 거다."

그가 고시공부 할 때 줄줄이 외웠던 고대 역사를 늘어놓는다.

"그래? 그 옛날 옛적에 서역 사람까지…… 그렇게 왕래가 있었단 말이야? 그건 알 수 없는 일이다."

마도운이 반박하고 나선다. 백의민족인 한민족이라는 고정관념을 가지고 있는 그다. 그러자 이번에는 반월성이 나선다.

"너희들 신라가 또 어느 민족의 나라인지 아냐? 한반도 남쪽의 진한 사람들의 나라라고? 그거 아니다. 북방의 흉노족이다. 삼국을 통일한 신라 문무왕 비문에 흉노족 태자인 투후 김일제의 7세손이 문무왕의 15대 조상인 성한왕이라고 씌어 있다. 신라왕 김씨의 시조인 셈이지. 중국의 한나라에 복속되어 살던 흉노족들이 태백산맥을 거쳐 왔거나 바다를 건너 신라로 들어와 나라를 차지한 거야. 그게 신라라고. 내가 우리나라의 역사를 연구할 때 찾아낸 것이다."

"야! 그게 아니지. 그건 억지소리다."

도덕수가 참지 못하고 나선다.

"나도 우리나라 고대역사에 대해 알만큼 알고 있거든. 언젠가 TV에서 보았지만 문무왕 비문에 '투후 제천지윤7엽'이라는 문자와 '15대조 성한왕'이라는 두 개의 암호 같은 문자를 가지고 그렇게 말하는데, 그건 섣부른 판단이다. 신라는 엄연히 옛날에 박혁거세가 세운 순수한 한반도 민족의 나라다. 신라왕 김씨 또한 닭이 울고 있던 경주 계림의 빛나는 금괴에서 나온 김알지가 시조고 말이야. 우리가 다 배우지 않았나?"

"도 도사! 흉노족이라고 기분 나쁘게 생각하지 마라. 흉노라는 말은 중국 놈들이 붙인 이름이고 원래는 훈족이다. 용맹스러운 기마민족이지. 훈족의 한 갈래는 한때는 유럽을 휩쓸고 로마제국을 멸망 일보직전까지 몰고 갔던 강력한 민족이었다. 그 훈족이 신라 지방에 살았다는 증거도 많다. 흉노족 무덤인 적석목관분이 신라의 무덤 양식이고, 동복이라고 흉노족의 솥이 신라 지역에서 출토되는가 하면 기마인물형 토기가 김해 지역에서 출토되기도 했다. 화천이라고 그 당시 중국에서 사용되던 돈이 출토되기도 했고. 신라의 언어도 백제와 고구려하고 달랐다."

반월성도 지지 않는다. 고대 유물이 엄연히 남아 있기 때문이다.

"그게 아니지. 북쪽에 고조선이 있을 때도 한반도 남쪽에는 엄연히 삼한이라는 한반도 민족이 살았었지. 진한, 마한, 변한 말이야. 역사 시간에 배우지 않았나. 우리 고유한 성씨도 그대로 있다. 박혁거세의 박씨, 석탈해의 석씨, 김수로왕의 김씨, 그리고 삼한 시대의 각 부족이었던 양씨, 손씨, 최씨 등. 알겠나?"

도덕수도 지지 않고 반박한다.

"그 삼한 중에 진한과 변한은 신라에 먹히고 마한은 백제에게 먹히고, 그래서 다 혼합되지 않았나. 그뿐인가. 우리나라가 외세의 침략과 지배 또한 얼마나 많이 받았나. 그때마다 침략국의 피가 섞였다. 몽골인의 피가 섞이고, 거란인의 피가 섞이고, 일본인의 피가 섞였지. 그리고 중국에서 넘어온 성씨는 또 얼마나 많은지 아나? 삼십 가지도 넘는다. 거기다 서역 인을 비롯해서 삼국시대에 이십 가지, 고려 때에 육십 가지, 조선시대에 사십 가지의 성씨가 들어왔다는 거다. 그렇게 다 섞이고 섞인 것이 한국인이다."

반월성이 벌건 얼굴로 말한다. 역사 선생이었던 자신이 한반도 고대역사는 더 잘 알고 있다는 기세다.

"거! 거! 당신들 뭣 하는 짓이야!"

어디선가 폭탄 터지는 소리가 들린다. 떠들썩하던 홀이 갑자기 조용해진다. 사람들의 시선이 모두 여섯 사람의 테이블로 쏠리고 있다. 벽에 걸린 대형 TV 화면에서는 태극기를 단 긴 포신들이 여전히 불을 뿜어내고 있다. 전쟁이 터지기 직전 같다. 그러나 여섯 명은 폭탄이 터졌는지도 모르고 여전히 그들의 논쟁에 몰입하고 있다.

"그건 반 작가의 말이 맞다. 나도 한국 고대사 연구에서 본 일이 있다. 우리나라는 백의민족의 단일 핏줄이라고 말하지만 속내를 알고 보면 수많은 피가 섞이고 섞였다. 그래서 겉은 같지만 속이 다르니 나라 꼴이 이 모양이 꼴이 된 거다."

가길준이 벌건 얼굴로 두 사람 논쟁에 끼어든다.

"그래, 맞아! 그러니 국민의 마음을 통합해서, 뭉쳐서 말이야. 힘 있는 나라가 되려면 태극기를 바꿔야 한다 이 말이다. 안 그러냐?"

반월성이 또다시 태극기를 들고 나온다.

"너 그런 말 하지 마라! 태극기는 우리나라의 정신을 상징하는 국기다!"

앞에 앉아 있는 도덕수가 발끈한다. 태극기를 모독하지 말라는 태도다.

"우리나라의 정신을 상징하는, 그 상징에 문제가 있다 이거야."

반월성이 자신 있게 대꾸한다. 전부터 그런 생각을 해 왔기 때문이다. 나라가 남북으로 갈라져 있고 네 개의 다른 나라들이 한반도를 둘러싸고 서로 세력 다툼을 하고 있는 꼴이다. 국민의 정신을 고양시킬 국기인데, 국민들의 생각이 태극기처럼 고착되지 않을까 생각했었다.

중학교 미술 시간에도 선생님이 태극기를 그리라고 했을 때 열심히 그렸지만 선생님에게 손바닥을 맞았다. 4괘가 틀렸다는 것이다. 어디가 긴 막대기고 어디가 짧은 막대기인지, 또 긴 막대기와 짧은 막대기를 어떻게 조합해야 하는지 알 수 없었다. 손바닥을 맞은 아이가 오십여 명 중 절반 이상이 되는 것 같았다. 나중에 선생님이 4괘의 의미와 그리는 방법을 알려 주었지만 이해가 되지 않았다. 괜스레 그리기만 어렵게 만드는 것 같았다.

"상징? 상징이 어때서. 영원히 번영할 우리나라를 상징하는 태극기인데."

도덕수가 반박한다. 태극기 수호회원인 그다. 서울에만 만여 명의 회원이 있다고 했다. 태극기 퍼레이드를 벌이며 시민들에게 태극기를 홍보하고 나라 사랑을 고취하는 단체라는 것이다.

"영원히 번영할 우리나라? 남북으로 갈라져 북쪽에는 독재자 밑에서 굶어 죽는 사람들이 부지기수고 남쪽에는 나라가 어떻게 되든 말든 권력 싸움에만 몰두하고 있는 판국인데."

"그게 태극기 때문이란 거냐?"

"그렇지. 태극기가 우리나라의 그런 형세를 그대로 나타내고 있다, 이거다."

"그건 네가 태극기의 심오한 의미를 몰라서 하는 소리다."

"심오한 의미, 그게 뭔데?"

반월성과 도덕수의 논쟁에 불이 붙으니 나머지 친구들은 멀뚱히 바라보고만 있다. 여섯 명의 테이블 가까이 있는 사람들도 태극기를 가지고 무슨 시비를 하고 있는가 하는 표정으로 주시하고 있다.

"그래 좋다. 내가 설명하지."

도덕수가 기다렸다는 듯이 말한다.

"먼저 가운데 태극 문양을 봐라. 얼마나 멋있냐? 서로 얽히어 돌아가는 붉은색은 양을, 파란색은 음을 나타내는 것이다. 이와 같이 태극 문양의 음과 양이 맞물려 돌아가는 것은 우주만물의 상호작용에 의해 생성·발전하는 진리를 형상화한 것이다. 그리고 네 귀퉁이에 있는 건곤감리를 봐라. 건은 우주만물 중에 하늘을, 곤은 땅을, 감은 물을, 이는 불을 각각 상징하는 것이다. 사괘는 양과 음이 서로 변화하고 발전하는 모습을 구체적으로 나타낸 것이다. 건괘는 태극 문양의 왼쪽 윗부분에, 곤괘는 아랫부분에 위치하여 무궁한 정신을 나타내고, 감은 오른쪽 윗부분에, 이는 아랫부분에 위치하여 광명의 정신을 나타내는 것이다. 이와 같이 태극기 안에 우주만물의 진리와 사람 살아가는 이치가 다 들어 있다. 이게 얼마나 멋진 국기냐."

"그런데 그 태극 문양과 건곤감리는 어디서 나온 것이냐?"

반월성이 묻는다.

"그야 『주역』에서 나온 것이지. 옛날부터 전해 오는 우주만물의 철학 말이다. 주역은 또한……."

"그렇지. 주역은 요즈음도 점쟁이들이 운수를 봐주는 점복의 원전이기도 하지."

반월성이 도덕수의 말을 끊는다.

"아니지. 주역은 유교의 경전 중 3경전인 역경이기도 하고 우주론적 철학이기도 하다."

도덕수가 무식한 말 말라는 듯이 받아친다.

"옛날 옛적에 중국에서 만들어 낸 음양설? 그런데 점쟁이들이나 이용하는 그 주역이 과학이 발달한 지금 세상에 가당키나 하나? 4괘도 이어지고 끊어지는 검은 막대기들이 무궁한 정신과 광명의 정신을 나타낸다는 거라고? 과학적 근거가 있는 말이냐?"

"중국에서 만들어 낸 것이 뭐가 어쩐데. 우주만물의 이치는 변하지 않고, 태극기 안에 그 이치가 담겨 있는데."

"우주만물의 이치라고? 태극기가? 네가 말하는 사괘는 과거에도 지금도 한반도에 군침을 흘리고 있는 중국과 러시아 그리고 일본과 미국이다. 너는 일본의 침략과 육이오 참상도 모르는 거냐? 육이오 전쟁은 김일성이 러시아에 도움을 요청했으나 들어주지 않아 중국의 도움을 받아 남침했던 거다. 옛날에 태자 책봉을 받을 때처럼. 거기다 남과 북이 첨예하게 대치하고 있는 상황에 방어용 사드를 배치했다고 얼마나 난리를 쳤냐? 한반도 머리 꼭대기까지 뻗어 있는 러시아도 봐라. 한 발 뒤로 물러서 있는 것 같지만 중국과 합동으로 극동 군사훈련을 하고 우리나라와 미국의 연평도 훈련도 반대하지 않았다. 한반도에서 충돌이 일어나면 언제든 북한에 군대를 보낼 나라들이다. 그리고 남쪽에는 미국과 일본이 있다. 그러니까 저 태극 문양과 검은 막대기들이 있는 한 우리나라의 통일은 요원한 거다. 국민들의 머릿속에 태극기가 박혀 있으니 그러려니 하고 살아가는 거지. 거기다 태극기의 밑바탕에 깔려 있는 정신이 중국의『주역』에서 따온 것이지 우리의 정신은 아니란 말이다. 동북공정 운운하며 한반도를 자기네 영토라고 주장하는 중국, 그 중국 말이다."

반월성이 얼굴 벌겋게 열변을 토한다. 그러자 남성운이 무릎을 친다.

"반 작가 말을 듣고 보니 그러네. 태극기에 문제가 있는 거야."

"그래, 맞아. 국기는 그 나라의 상징이거든. 전 국민 누구나 머릿속에 박혀 있는 고정관념 말이야. 그러니까 다양한 핏줄로 얽힌 우리민족을 하나로 뭉치게 할 수 있는 강력한 상징의 국기가 있어야 하는 거다."

남성운의 동조에 힘을 받은 반월성이 다시 강조한다.

"맞긴 뭐가 맞아. 우리나라 국민들의 가슴에 깊이 박혀 있는 태극긴데."

도덕수의 옆에서 묵묵히 듣고 있던 라병기도 도덕수 편을 든다. 그러자 도덕수가 기세를 올린다.

"그렇지! 그래. 태극기는 우리나라 국기야. 박영효가 그렸든 고종황제가 그렸든 100여 년간 우리나라를 대표해 왔고 국민의례에서 우리가 수없이 맹세해 왔던 태극기라고."

"그러니까 바꾸어야 된다는 것이다. 우리의 후손들이 세세만년 국기를 향해 맹서를 해야 하니까. 우리 정신이 깃들어 있고 국민의 마음을 하나로 통합할 수 있는 문양으로 말이야."

반월성의 국기에 대한 신념은 뚜렷하다. 바위라도 뚫고 나갈 기세다. 도덕수가 흥미롭다는 듯이 반문한다.

"그래, 그렇다 치고. 그러면 그 국기 문양을 어떻게 바꾸어야 하는 거냐?"

"그거야 다양한 방법이 있겠지. 국민 공모를 통해 결정할 수도 있고."

반월성이 간단하게 받아친다.

"그거야 그렇다 쳐도. 태극기만큼 오묘한 국기는 만들어 낼 수 없을 거다."

마도운이 나선다. 그러고 보니 도덕수 편에 앉아 있는 라볏기, 마도운은 태극기 지지파고, 반월성 줄에 앉아 있는 남성운, 가길 준은 태극기 반대파가 되어 있는 모양새다.

"이 사람아! 상징은 인간의 생각을 고착시키는 거야. 국민들의 가슴과 자라나는 세대의 머릿속에 박히는 생각. 우리나라가 통일이 되어 세계로 뻗어 나가야지 언제까지 4강의 틀에 묶인 채 둘로 갈라져 언제 터질지 모르는 전쟁의 위험 속에 세세만년 살 거냐?"

반월성이 열을 올린다. 두 패로 갈린 여섯 명이 태극기를 두고 갑론을박하고 있다. 한반도의 형세와 나라 걱정을 하던 논쟁이 태극기로 옮겨붙은 것이다.

"반 작가! 너는 지금 태극기를 모독하고 있어. 국기 모독죄가 있다는 것은 알고 있겠지?"

할 말을 찾지 못한 도덕수가 발끈하며 반월성을 공격한다. 식당 안이 술렁거린다. 더는 못 참겠다는 분위기다. 어디선가 다시 폭탄 터지는 소리가 들린다.

"어이, 이 양반들아! 당신들이 무슨 애국자라고 태극기 가지고 지랄이야!"

여섯 명이 머쓱하며 폭탄을 쏘아 댄 쪽을 바라본다. 험상궂은 눈으로 여섯 명을 바라보는 젊은이들이 있다. 언뜻 보기에도 덩치가 큰 씨름선수나 레슬링선수 같아 보이는 젊은이들이다. 대학생들인지 이제 갓 사회에 진출한 초짜들인지 분간이 가지 않는다. 여섯 명은 어이가 없다.

"보아하니 아들도 막내아들 같은데. 어른들이 목소리를 높였다고 이래 막말을 해도 되나?"

도덕수가 엉거주춤 일어서며 젊은이들을 향해 점잖게 말한다. 그러자 그쪽에서 한 젊은이가 벌떡 일어난다.

"어른 좋아하시네. 어른이면 어른답게 놀아! 당신들이 이 식당 전세 냈어?"

위협적이다. 넓은 식당에 앉아 있던 모든 사람들의 시선이 두 탁자로 쏠린다.

"니들은 동방예의지국도 모르나? 어데서 어른들한테 말버릇이 그 모양이야!"

도덕수가 참지 못하고 소리친다.

"이 양반들, 세상이 어떻게 돌아가고 있는지 모르는구만. 한

번 맛을 봐야 알겠어?"

또 다른 덩치가 일어난다.

"뭐가 어째? 너희들 학생이야 깡패야?"

남성운이 소리치며 일어난다. 그것이 젊은이들 탁자에 휘발유를 뿌린 모양이다. 덩치들이 모두 자리에서 일어난다. 모두가 검은 정장을 입고 있다. 그러고 보니 깡패 같기도 하고 건달들 같기도 하다.

"저 꼰대들이 여기가 제 세상인 줄 아는 모양인데. 우리가 세상맛을 보여 줘야겠다."

한 놈이 말하자 세 명의 덩치들이 합세하여 여섯 명의 탁자로 몰려와 네 귀퉁이에 포진한다. 울타리를 만들어 한 사람도 빠져나가지 못하게 하고 작살내겠다는 태세다.

"그래 너희들이 어떻게 할 건데. 어디 맘대로 해 봐라."

마도운이 자리에서 벌떡 일어난다.

"이것들이 세상 무서운 줄 모르네. 생기기는 멀쩡하게 생긴 것들이."

뒤에 서 있던 덩치가 우습다는 듯이 마도운의 멱살을 잡아끌어 올린다. 마도운이이 덩치의 손에 끌려 올라가며 버둥거린다. 그러자 이번에는 가준길이 벌떡 일어나 소리친다.

"뭐 이런 데가 있어? 식당 주인은 뭐하는 거야?"

"얼씨구. 놀고 있네."

한 놈이 비웃는 것과 동시에 네 명의 덩치들이 여섯 명을 싸잡아 밀어붙인다. 여섯 명은 동시에 탁자에 처박히고 탁자에 있던 술병과 음식들이 풍비박산 난다. 순식간에 벌어진 사태에 여섯 명은 시궁창에 빠진 생쥐같이 얼굴이며 옷에 음식 찌꺼기들이 덕지덕지 붙어 있다. 식당에 있던 사람들이 모두 일어나 웅성거린다.

"뭐? 태극기가 어떻다고? 당신들이나 잘해! 공공장소에서 떠들고 싸우고 지랄들이나 하지 말고."

한 놈이 식식대며 소리친다. 식당 주인이 수건을 가지고 급히 달려온다.

"우리가 시끄러운 일 만들기 싫어서 참는다."

한 놈이 제자리로 돌아가자 나머지 놈들도 재수 없다는 듯이 손을 털며 그놈을 따라간다.

"죄송합니다. 잘 참았어요. 저쪽은 조폭의 졸개들이고 전과자들입니다."

식당 주인이 가길준에게 속삭인다. 여섯 명은 수건으로 얼굴을 닦기에 바쁘다. 모두가 반찬 국물과 소주와 맥주, 막걸리에 젖어 후줄근하다.

"나가자! 이놈의 식당 이런 곳인 줄 몰랐다."

가길준이 투덜거리며 밖으로 나가고 다른 친구들도 패잔병처럼 따라 나간다.

밖에는 찬바람이 쌩쌩 불고 넓은 도로에는 많은 차들이 질주

하고 있다.

"이놈의 나라를 떠나야 하는데……."

남성운이 앞자락에 묻은 지저분한 것들을 털어 내며 중얼거린다.

"그게 아니고. 나라가 바로 서려면 태극기를 바꾸어야 하는 거다."

반월성도 막걸리로 흥건한 앞자락을 털며 뇌까린다. 그리고 누군가는 '에잇 더러워' 하고 또 다른 누구는 '더럽게 재수 없는 날이다.' 하며 옷에 묻은 것들을 털어 내며 투덜거린다.

그러나 그뿐이다. 그들은 뿔뿔이 흩어져 집으로 가고 세상은 어제와 변함없이 돌아가고 있다.

부활을 선물하다

●
●
●

너는 크리스마스트리 둘레를 돌고 있는 인애의 뒤를 쫓고 있다. 붙잡힐 듯 잡히지 않는 인애다. 성당 마당에 설치해 놓은 크리스마스트리는 대단히 크다. 높이가 어른 키의 2배도 넘는 것 같고 밑 둘레는 길이를 가늠할 수 없을 정도다. 크리스마스트리용으로 심어 놓음직한 구상나무는 짙은 녹색이고, 크고 작은 별과 종, 볼 장식 그리고 갖가지 동물 모형과 섬세한 눈송이 사이로 가지각색의 미니전구들이 반짝이고 있다.

"위 위슈어 메리크리스마스, 위 위슈어 메리크리스마스 앤 어 해피 뉴 이어(We wish you a merry christmas, we wish you a merry christmas and a happy new year)."

성당 마당에 노랫소리가 크게 울려 퍼지고 있다. 사람들은 성당 문 한쪽에 마련해 놓은 아기 예수에게 인사하고 성단 안으로 들어간다. 구유에 안치된 아기예수는 밝은 모습이다.

인애는 여전히 크리스마스트리 둘레를 돌고 있다. '너는 언제

나 나를 쫓아다녔지.' 하고 놀리는 듯이. '그래, 쫓아와 봐. 쫓아
와 봐.' 하면서. 너는 인애를 부지런히 쫓아간다. H읍에서 학교
에 다닐 때처럼. 마음이 복잡하게 얽혀 들고 있다. '그래, 네 속을
한번 들여다보자. 성당에 다니는 네 속을. 네 속에 순결함이 남
아 있기는 한 거니. 하느님에게 용서를 받을 정도로.' 너는 인애
를 붙잡아 속을 까 보고 싶다. 하느님은 인간의 모든 죄를 용서해
준다고 했다. 인애가 그걸 믿고 성당에 다니는지 아니면 뻔뻔한
여자인지 너는 알 수 없다. 너는 종교에 대해도 생각해 본 적이
없다.

번쩍이는 장식들을 뒤집어쓴 나무는 살아 있는 나무인지 사
람이 만들어 놓은 조형물인지 알 수 없을 정도다. 나무속도 무엇
이 들어 있는지 알 수 없을 정도로 캄캄하다. 인애도 그럴까? 겉
을 화려하게 꾸민 인애다. 고향에서 학교에 다닐 때부터 그랬다.
너는 인애가 겉만큼 속도 아름다울 것이라고 생각했었다.

내려다보이는 서울 거리에는 수많은 사람들이 크리스마스이
브를 보내는 축제를 벌이고 있다. 먹고 마시고 춤추고 노래하며
거리를 쏘다니고 있다. 저마다 가면을 쓴 얼굴로 사랑하고, 배신
하고, 웃고, 울 것이다.

성당 마당에도 사람들이 시끄럽게 떠들고 있다. 모두들 밝은
얼굴로 메리크리스마스 인사를 하며 성당 안으로 들어가고 있
다. 인애도 곧 성당으로 들어갈 것이다. 너는 인애가 성당에서
어떤 모습으로 예배를 드릴지 궁금하다. 세상의 화려한 쾌락을

쫓아다니던 인애이기 때문이다. 친구의 말을 믿지 않는다 해도 어렸을 때부터 지켜본 인애는 충분히 그럴 만하다.

서울에 올라와서 인애를 처음 만난 것은 붐비는 사람들 속에서 용케도 알아본 명동의 복잡한 거리에서였다. 인애는 날아갈 듯 훤히 비치는 얇은 옷을 입고 있었다. 마침 점심때이므로 칼국수 집에 들어가 앉았다. 인애는 H대 서양학과를 나와 그림을 그린다고 했다. 고등학교를 졸업하고 6년 만이었다. 너는 D대 철학과 삼 학년이었다. 돈을 벌어 등록금을 대야 하기 때문에 휴학과 복학을 반복했다.

인애는 Y대나 S대 법학과를 가겠다고 나댔었다. 네가 그녀의 동생 인철의 과외 공부를 맡고 있을 때였다. 네가 보기에는 헛꿈을 꾸고 있는 것 같았다. 그녀가 가끔씩 도와 달라고 가지고 오는 영어나 수학 문제를 보면 알 수 있었다. 쉬운 문제들이었고 거기다 설명을 해도 잘 알아듣지 못했다. 그러면서도 그녀는 자만이 넘쳤다.

인애의 어머니는 러시아 여자였다. 인애의 아버지가 서울에서 대학을 다닐 때 만났다는 인애의 어머니는 활달하고 독립심이 강한 여자 같았다. 살림도 주도하고 있는 것 같았다. 네가 인애의 집에 가게 된 것도 그녀의 어머니가 학교에 전화해서 추천받은 것이라고 했다. 중년의 아줌마이면서도 하체가 길고 튼실한 데다 날씬한 인애 어머니는 얼굴도 서양인의 미녀 같았다. 너에게도 스스럼없이 대해 주었다.

인애도 외모는 어머니를 닮은 것 같았다. 몸매가 날씬하고 얼굴도 예뻤다. 눈동자가 특별하다 할 정도로 검고 큰 눈에 오뚝한 코, 도톰한 입술을 가진 갸름한 얼굴은 외국에서 온 아이 같기도 했다. 그러나 다시 보면 청순하고 귀여운 한국인의 얼굴이었다. 가는 허리에서 통통한 엉덩이를 지나 적당히 살이 붙은 길고 하얀 다리로 이어진 선도 참으로 멋있어 보였다. 성격까지도 어머니를 닮았는지 활달했다.

"너 까불지 마. 나는 너에게 눈곱만큼도 관심이 없으니까. 닭 냄새나 풍기고 다니는 주제에. 알았어?"

네가 가슴앓이하던 끝에 보낸 연애편지를 인애는 단칼에 잘랐다. 너는 무안하고 섭섭했다. 괘심하기까지 했다. 그러나 어쩔 수 없는 일이었다. 인애의 말대로 너는 시내 한복판 시장에서 닭 장사를 하는 작은아버지 집에 붙어살기 때문이었다. 시골이나 양계장에서 닭을 사다 목을 비틀거나 칼로 잘라 펄펄 끓는 물에 튀겨 털을 뽑아 생닭으로 팔거나 튀김을 해서 팔기도 했다. 초등학교에 들어가기 전부터였다. 어머니가 집을 나가고 아버지와 함께 살다 아버지마저 교통사고로 돌아가시자 어쩔 수 없이 작은아버지 집으로 들어가게 되었다. 작은어머니의 구박이 심했지만 그래도 눈치껏 닭 장사 일을 도와주며 붙어살았다.

너는 작은아버지 집에서 저녁밥을 먹은 후 십여 분을 걸어 인애 집으로 갔다. 인애는 정원이나 거실에서 마주치고도 본척만

척 자기 방으로 들어가기 일쑤였다. 남녀 공학이던 중학교 때도 그랬다. 인애는 너를 거들떠보지도 않았다. 중학교 3학년에 올라가 한 반이 되었을 때는 닭 장사를 하는 작은아버지 집에 붙어 사는 고아라고 친구들에게 소문을 퍼트리기도 했다. 대부분의 아이들이 그렇게 알고 있었다. 공부를 잘해 아이들에게 선망의 대상이 되기도 했지만 깔보는 여학생들이 많았다. '지가 공부를 잘해 보았자 아무도 도와줄 사람이 없는 고아가 뭘 어쩌겠어.' 하고 질투하는 듯이 소곤거리기도 했다. 너는 소문을 퍼트리는 인애를 죽이고 싶도록 좋아했다. 너 자신도 어쩔 수 없는 일이었다.

"너도 종교를 하나 가져 보지. 이왕이면 천주교로."

인애가 불쑥 말했었다. 겨울이 시작되는 십이월 초 카페에서였다. 네가 만나자고 몇 번을 전화한 후에 마지못한 듯 나온 인애였다.

"나? 믿는 종교가 있는데. 심신교(心信敎)."

너는 엉뚱하게 대답했다. 인애의 심리를 떠보고 싶었다.

"그게 뭐야?"

인애가 재미있다는 듯이 물었다.

"내 마음을 믿는 종교."

"뭐라고?"

"나는 내 양심을 믿으니까."

"그러지 말고 기독교를 한번 믿어 봐. 영감을 주시어 불후의 명작을 만들게 하는 하느님이거든."

인애가 천연덕스럽게 말했다. 구월 초의 만남을 두고 하는 말 같았다. 하느님을 생각하며 포즈를 취하면 신비로운 작품이 된다는 것이었다. 그럴듯한 말 같기도 했다. 의외의 영감이 떠오를지도 모르니까. 너는 인애가 그렇게 예술을 위하여 그리스도를 믿는다고 생각했다. 그런데 친구의 말은 또 달랐다. 너는 인애를 알 수 없다는 생각에 빠지곤 했다. 예술이라는 미명으로 몸과 마음을 더럽혀도 되는 것인지, 하느님이 그것을 허락하는지. 너는 인애를 빤히 바라보면서 생각했다. 한 점 부끄러움도 없는 모습이었다. 너는 그런 인애를 보면서 성당에 한번 가 보고 싶었다.

화이트크리스마스를 맞이할 것이라는 기상청의 예보와 달리 눈은 오지 않는다. 젊은이들 한 떼가 몰려와 '야! 멋지다. 저 위에 빛나는 별 좀 봐. 동방박사가 곧 올 것 같잖아.' 하며 호들갑을 떨고 있다. 그들을 피하듯 돌아가는 인애가 트리에 매달린 날렵한 사슴처럼 보인다. 늘씬한 몸매로 누구와 얼마나 사랑을 나누었는지 알 수 없는 인애다.

트리를 돌던 인애가 멈춰 선다. 너도 인애 앞에 마주 선다. 인애의 얼굴이 상기된 듯이 보인다. 추위 때문인지 곧 하느님을 만나러 가기 때문인지 알 수 없다. 얼굴에 묘한 인상이 떠오른다. 사진 속에 들어 있던 표정 같기도 하다. 낯선 성당만큼이나 낯선 인애다. 값진 밍크코트 속에 들어 있는 육체를 보았을 때도 그랬다. 인애는 언제나처럼 당당한 모습이었다. 네가 간이 탈의실을 찾아갔을 때도 인애는 놀라지도 반갑게 대하지도 않았다. 멋진 육신으로 아름다움을 창조해 낸 예술가처럼 도도했다.

"우리 이제 성당으로 들어갈까? 미사 시간이 다 된 것 같은데."

인애가 너의 손을 잡는다. 섬뜩할 정도로 차갑다. 너는 따뜻한 손으로 인애의 손을 녹이며 성당으로 들어간다. 성단 안은 이미 사람들로 꽉 차 있다. 넓은 공간에 수없이 늘어놓은 의자에는 물론 뒤편으로 서 있는 사람들도 많다. 인애를 따라 올라간 2층에도 사람들 많다. 사람들을 헤집고 들어가던 인애가 용케도 맨 뒤편 간이의자의 빈자리를 찾아낸다.

앞으로 백여 석이 될 것 같은 2층 아래로 1층 사람들이 보이고, 그들 앞으로 멀리 제대가 내려다보인다. 제대 뒤의 벽에 십자가에 못 박혀 얼굴을 옆으로 떨어뜨린 예수상이 걸려 있고 밑으로 붉은 천으로 덮여 있는 의자 세 개가 놓여 있다. 그 의자들 앞으로 커다란 테이블이 하얀 천으로 덮여 있는 제대에는 네가 알 수 없는 성물들이 놓여 있다. 그리고 왼쪽 벽에 노란색과 파란색, 황금색의 보석으로 장식된 작은 상자가 사람 가슴 높이로 받쳐져 있다. 한쪽 옆 성가대 자리에는 하얀 옷을 입은 남녀 성가대원들이 오십 명도 넘는 것 같다.

잠시 후 황금색 두루마기에 황금색 모자를 높이 쓴 신부와 그 뒤를 따르는 하얀 옷을 입은 신부 두 명이 일층 뒤에서 가운데 통로를 따라 제대를 향해 걸어가자 성가대원들이 '고요한 밤 거룩한 밤' 하고 성가를 부르기 시작한다. 분위기가 엄숙해진다. 그리고 미사가 진행되지만, 너는 두 시간 이상 진행되는 미사가 어떻게 되어 가는지 정신을 차릴 수가 없었다. 일어났다 앉기를 반복하고 성경을 낭독하고 성가를 부르고 신부님의 강론이 이어졌다.

강론 내용은 농부가 수확한 곡식을 마당에 깔아 놓고 도리깨로 내려쳐 껍데기를 벗겨 내어 알곡을 가려내듯이 하느님도 그렇게 도리깨질할 때가 있다는 것이다. 그렇게 인간에게서 쭉정이와 알곡을 가려내야 한다는 것이다. 예수님도 그렇게 고통을 받고 죽어 다시 부활했다고 했다. 도리깨질의 강도가 하느님의 사랑의 깊이고, 인간은 하느님의 사랑 안에 고통을 이기며 쭉정이를 걸러내야 한다는 것이다. 죄 사함을 받고 순결한 영혼으로 구원을 얻을 것이라는 의미인 것 같았다.

너는 신부님의 강론에 감명을 받았다. 신앙의 숭고함을 알 수 있을 것 같았다. 다음으로 신부님이 크고 둥근 과자를 들어 올리며 '이는 그리스도의 몸' 하며 기도를 하고 또 그것을 쪼개어 모든 신도들에게 나누어 주는 행사가 이어졌다. 인애는 옆에서 보기에는 알 수 없는 얼굴로 미사 과정을 따라갔다. 성가도 잘 부르고 가슴을 치며 '내 탓이요. 내 탓이요.'도 따라 했다. 너는 그런 인애를 미사 내내 관찰했다. 어떤 것이 진짜 인애인지 알고 싶기 때문이었다. 화려한 겉모습 속에 들어 있는 인애의 본질을 알아내고 싶었다.

너는 인애가 면전에 대고 창피를 주던 중학교 때부터 인간 심리를 공부하고 싶었다. '그래. 너 잘났다, 잘났어.' 목구멍까지 올라오는 말을 뱉어 내지 못하면서 그녀의 심리를 파헤치고 싶었다. 너의 속에 도사린 자존심에 불이 붙기 때문이었다. 그러나 결국엔 철학과를 선택했다. 대학에 갈 준비를 하면서 심리학보다는 철학을 공부하고 싶었다. 인간 세상에 대해 폭넓게 알고 싶었고 졸업 후 진로에도 그쪽이 더 도움이 될 것 같기 때문이었다. 너는 철학을 공부하면서 현상론(현상철학이라고 말해도 되는지 모르지만)에 집착했다. 현상과 본질의 이원적인 문제를 파헤치고 싶었다.

인간이 인식할 수 있는 것은 현상뿐이며 현상의 배후에 있는 본질(본체)은 인식할 수 없다고 했다. 네가 들은 인식론에 대한 강론이었다. 본질을 인정하나 인간으로서는 인식 불가능하다는 것이었다. 현상과 본질은 상대적인 개념으로 현상은 본질의 외면적인 표현이므로 마르크스는 현상을 무시한 본질은 있을 수 없다고도 했다. 변증법적 유물론에서도 현상 그 자체 속에 본체의 점차적인 전개를 인정한다고 했다.

D.흄의 경험론적 현상주의에서는 현상에 대한 편견 없는 통찰로 본질구조의 해명을 시도했다. 사물은 어떤 조건하에서 보느냐에 따라 이렇게도 나타나고 저렇게도 나타난다. 이렇게 나타난 것이 현상이고 현상의 원인으로 상정되는 것이 본체다. 그러므로 현상을 종합하면 본체(본질)를 알 수 있을 것이라고 했다. 또한 하나의 사물에 대한 다층적인 현상, 그것을 편견 없는

기록과 종합으로 그 사물의 본질을 파악할 수 있는 것, 그것이 사진이라고 했다.

너는 그래서 사진을 찍기 시작했다. 시시때때로 변하는 현상들을 사진으로 찍어 종합하면 암실의 현상액 속에서 영상이 떠오르듯 본질이 나타날 것 같았다. 인물 사진을, 아기에서 노인까지 촬영해 인상하면 인간의 희로애락의 형상이 나타났다. 네가 철학을 전공하면서 아마추어 사진작가로 활동하는 이유이기도 했다.

그런데 인애는……? 인화지에 나타난 인애의 나신은 누구도 그릴 수 없는 명화(名畫)였다. 얼굴과 몸매 모두 세상에 없는 명작이었다. 그러나 영혼은……? 더럽게 훼손되어 있을 것이다. 너는 친구의 말을 믿지 않지만 자꾸만 그런 생각이 들었다. 인애가 믿는 천주교의 엄숙한 미사에도 정화되지 않은 것 같았다. 그래도 인애는 신부님이 높이 들어 '이는 그리스도의 몸' 하는 과자도 받아먹었다. 죄가 없는 사람이어야 받아먹을 수 있는 것이었다.

본질의 변화는 가능한가? 알 수 없다. 너는 철학을 공부하면서도 알아내지 못했다. 인애의 본질도 변하지 않았을 것 같았다. 성당에 다니며 열심히 미사에 참여하고 있었지만, 현상에 비해 달라도 너무 다른 본질이기 때문이었다.

9월 초순, 따가운 햇볕을 받으며 입석바위 뒤에서 실오라기 하나 걸치지 않고 나오는 모델의 몸은 참으로 아름다웠다. 최소

거리 칠 미터 이상을 유지해야 했다. 빛나는 햇빛 때문에 누드모델이 밀랍으로 정교하게 만든 인형처럼 보였다. 네가 누드사진을 처음으로 찍기 때문에 그런지도 몰랐다.

친구가 누드모델 촬영 대회가 있으니 참가하자고 했었다. 전에 한번 누드 촬영을 했는데 참으로 유익했다고. 동호회 회장도 야외누드 촬영에 참여할 사람은 신청하라고 했다. 너는 친구의 권유도 있고 해서 호기심이 당겼다. 누드사진이야말로 현상과 본질을 연구하는 데 좋은 자료가 될 것 같았다. 회원들 모두 좋다고 떠들며 흥분하고 있었다. 십만 원 하는 회비가 좀 비싼 것 같기는 했지만 아홉 명의 회원 모두가 신청했다.

촬영할 누드모델은 세 명이라고 했다. 친구는 그중에서 세 번째 모델이 몸매도 포즈도 제일이라고 은근히 자랑했다. 처음에 나온 모델은 입석바위에서 조금 떨어진 채 뒷모습을 모이며 섰다. 회색 바위에 짙은 그림자를 드리운 모델의 연황색 몸체는 정말로 아름다웠다. 백칠십 센티미터쯤 되는 좁지도 넓지도 않은 부드러운 어깨선에서 내려온 허리, 척추 선을 중심으로 대칭으로 붙어 있는 둥그런 엉덩이와 넓적다리, 길고 탱탱한 종아리는 완벽한 인체의 아름다움을 보여 주었다.

다른 동호회 회원과 합쳐 사십여 명이 되는 사진사들이 다투어 셔터를 눌러 댔다. 모델이 옆으로 돌아서고 엎드리고 누우며 포즈를 취했다. 한 포즈의 정지 시간은 이십 초에서 길게는 사십 초 정도 되는 것 같았다. 모델의 정지 시간은 모든 사진사들의 촬영 시간을 동시에 충족시키려는 의도 같았다.

다음은 볼륨이 있는 모델이었다. 피부가 참으로 고왔다. 너는 소프트렌즈를 끼우고 모델을 잡았다. 인체의 부드러움을 강조하고 싶었다. 햇빛을 머금은 연황색 피부가 탱탱한 풍선처럼 매끄럽고 솜털처럼 섬세하고 포근했다. 너는 연신 셔터를 눌러 댔다.

다음으로 세 번째 모델이 나타났다. 친구가 말한 모델이었다. 모델이 옆으로 돌아서며 무릎을 약간 구부려 궁둥이를 내밀고 한 손은 허리에 한 손은 머리 위에 가볍게 올려놓고 얼굴을 돌려 웃는 표정을 지었다. 어깨 밑까지 내려온 탐스런 머리를 헤치고 드러난 얼굴에 매력이 넘쳤다. 약간 처진 듯 탱탱하게 붙어 있는 커다란 젖무덤 또한 매혹적이었다. 이어서 모델이 완만한 경사를 이룬 바위에 무릎을 꿇고 엎드렸다. 바위 바닥에 닿을 듯 커다란 유방에 붙어 있는 분홍 젖꼭지에서 물방울이 떨어질 것 같았다. 일어나서 몸을 정면으로 약간 비틀 때는 튼실한 넓적다리 위의 검은 털이 보였다. 모델은 능수능란했다. 사진사들은 정신없이 셔터를 눌러 댔다. 각 포즈마다 한 장이라도 더 찍으려고 안달했다. 모델이 넓은 바위에 등을 대고 반듯이 누워 한쪽 다리를 구부려 세우고 하늘을 올려다보았다. 조금 뒤로 물러나 모델이 바라보는 하늘까지 잡으니 자연과 인체가 하나로 합쳐지는 것 같았다. 마지막으로 취한 포즈는 고혹적이었다. 모델이 정면으로 돌아서서 포개져 있던 두 다리를 열고 두 손을 머리 위로 들어 하트를 크게 만들어 보였다. 두 다리 사이로 살짝 보이는 도톰한 둔

덕을 덮고 있는 무성한 털 속에 감춰진 성기가 예뻐 보였다. 환하게 웃고 있는 얼굴이 섹스의 욕망을 빼앗아 가고 있었다. 여체의 아름다움이 고스란히 드러나는 포즈였다.

너는 모델의 얼굴을 주시했다. 매혹적으로 웃고 있는 얼굴이 왠지 낯설어 보이지 않았다. 너는 재빠르게 마이크로렌즈로 바꾸어 얼굴을 끌어들였다.

"저 모델을 알아?"

옆에 있는 친구가 의아한 듯 물었다.

"아니. 알 것 같기도 해서."

"A급 모델인데."

친구가 말했다. 너는 알아볼 수 있을 것 같은 생각에 얼굴을 클로즈업해서 다시 보았다. 렌즈 안으로 들어온 얼굴은 서구적인 눈, 코, 입에 동양적인 라인을 가진 인애가 분명했다. 중·고등학교 때 보았던 얼굴 같지는 않지만 독특한 인상이 지워지지 않은 얼굴이었다. 너는 숨이 콱 막혔다. 인애가! 너는 이해가 되지 않았다. 미대를 졸업했다고 했었다. 아버지는 H읍의 읍장이고 엄격했다. 네가 가르쳤던 남동생은 법과에 들어갔다는 말을 들었다.

"사진작가였어? 어떻게 나인 줄 알았지?"

촬영을 마치고 찾아간 간이 탈의실 앞에서 인애는 아무렇지도 않게 말했다. 카메라에 들어오던 영상과는 또 다른 얼굴이었다.

"응. 어쩐지 아는 얼굴 같아서."

너는 다시 한 번 놀랐다. 친구에게 온몸을 다 보이고도 담담하게 말하는 그녀가 중·고등학교 때의 인애인가 싶었다. 몸매와 얼굴 모두 성숙했지만 옛날 모습이 많이 남아 있는 얼굴이었다.

"누드모델은 어떻게……?"

너는 의아한 마음에 쑥스럽게 물었다.

"전문으로 하는 건 아니고 특별한 요청이 있을 때나 내가 필요할 때 가끔씩 하는 거야."

"필요할 때라니?"

"응? 그냥 그런 때가 있어."

인애는 얼버무렸다. 너도 더 이상 물을 수가 없었다. 인애는 지금은 바쁘니 다시 만나자며 간이 탈의실로 사라졌었다.

너는 성당 마당으로 나오며 그때의 인애와 지금의 인애가 눈앞에 어른거려 혼란스럽다. 거기다 친구가 했던 말까지 겹쳐 들어 더욱더 알 수 없다는 생각이 든다.

"영혼이 정화되는 느낌을 받지 않았어?"

인애가 묻는다.

"응. 알 수 없는 기분이었어."

너는 솔직히 대답한다. 미사가 어떻게 진행되는지 몰랐지만 엄숙하고 성스런 분위기에 젖어 들어간 것은 분명했다. 신부님의 강론이 특히나 감동을 주었다. 고통을 인내하며 하느님의 사랑의 채찍을 받아야 새로 태어날 수 있다는 것이었다.

"너는 어땠어?"

너는 인애가 궁금하다.

"그냥 그렇지. 성탄미사라서 좀 특별하기는 하지만."

인애는 아무렇지도 않다는 듯이 말한다. 너는 '그렇겠지. 너는 현상과 본질이 다른 가짜 신자니까.' 하는 생각이 든다. 시간은 열두 시 반을 지나고 있다. 밤 열 시에 미사가 시작되었던 것 같은데 어느 사이에 2시간이 훌쩍 지나가 버렸다. 난생처음으로 들어가 본 성당이었다.

"평시에는 이렇게 많은 사람들이 오지 않아. 크리스마스 자정 미사니까 그렇지."

네가 성당 문이 미어지게 나오는 사람들을 보자 인애가 말한다. 일회성 이벤트로 믿는 사람들이 많다는 말 같다. 그러나 너는 미사가 진행되는 동안 영혼이 깨끗해지는 느낌을 받았다. 성스러움이 머릿속으로 스며드는 기분이었다.

"사실은 영혼이 깨끗해지는 기분이었어."

너는 미사동안 받았던 감동을 솔직히 말해 준다.

"그렇지? 나도 미사 때마다 그런 감동을 되살리지. 그러면 내 몸이 성스러운 것 같아. 천사가 되는 것 같다고나 할까."

인애도 당연하다는 듯이 말을 받는다. 너는 인애를 돌아본다. 벌거벗은 천사라니……? 아무래도 어울리지 않는 것 같다. 그렇게 성스러운 몸을 함부로 내돌려도 되는 것일까. 하느님에게 벌을 받아도 크게 받을 것 같다. 너는 믿고 싶지 않은 친구의 말을 다시 떠올린다. '그 모델 아주 끝내주지. 너는 그 기분 모를 거야.' 머릿속에 박혀 있는 말이다.

"우리 어디서 좀 쉬어 갈까? 배가 고프기도 하고."

너는 인애와 마주 앉고 싶다. 그놈의 말을 확인하고 싶기 때문이다.

"그럴까? 저 밑에 카페가 있는데."

인애도 동의한다. 그러고는 부리나케 지하주차장으로 들어가 승용차를 몰고 나온다. 너는 인애가 몰고 온 중후한 외제차를 보고 깜짝 놀란다. BMW 중에도 일억 가까이 되는 640 차종이다. 아버지가 부자라서 딸에게 고급 외제차를 사 주었단 말인가? 그렇지는 않을 것 같다. 그녀의 아버지는 시청 과장급인 5급 지방공무원이었다. 인애에게 누드모델 말고는 뚜렷한 직장이 있는 것도 아니다. 너는 차를 타고 카페로 가는 동안 의아한 마음을 지울 수 없다.

유리벽에 붉은빛이 감도는 카페는 가까운 거리에 있다. 왕복 이차선 도로에는 늦은 밤이라서 그런지 차들도 많이 다니지 않는다. 빵과 커피를 파는 가게 안은 그리 크지 않다. 앞쪽 스탠드 뒤로는 빵과 생과자들이 진열되어 있고 옆으로 커피를 내리는 기계 세 대가 나란히 있다. 아르바이트생 같은 아가씨가 그 앞에서 지키고 있다. 안쪽으로 4인용 또는 2인용 테이블이 열 개 정도 있는 공간에는 두 커플이 따로 떨어져 앉아 있다. 한쪽은 젊은 이들이고 한쪽은 육십 대 후반쯤의 부부 같아 보인다.

인애가 그들과 거리를 둔 입구 쪽 2인용 테이블을 가리킨다. 너는 빵과 커피를 주문하고 연분홍 불빛 아래 앉아 있는 인애를 건너다본다. 이국적이면서도 동양적인 얼굴, 너의 마음을 사로 잡았던 얼굴이다. 다시금 사랑할 수 있을까? 하지만 거리가 너무 먼 인애다.

누드 촬영이 있던 다음 날 친구가 찾아왔었다. 촬영한 성과물들 중에서 베스트 몇 점을 고르자는 것이다. 고른 작품들을 성인 잡지사에 보내어 선택되면 고료가 제법 나오기도 하고 누드 사진전에 출품하면 고가에 팔리기도 한다는 것이다. 선택된 작품은 주로 인애가 모델을 선 것이었다. 친구가 인애의 성기가 보이는 사진을 네 앞에 들이댔다. 탈의장 옆에서 네가 인애를 만나는 것을 보았고, 그래서 인애와의 관계를 알고 있는 놈이었다.

"서비스가 아주 끝내주는 거야. 테크닉이 환상적이라고. 너도 알다시피 내가 많은 여자들을 섭렵했지만 이 누드모델만큼 나를 녹여 주는 여자는 없었다니까."

친구가 사진을 흔들었다. 다시 한 번 교섭해 보겠다는 듯이. 아버지가 강남에 대형 빌딩을 가지고 있는 건달 놈이었다. 철학과에서도 돈으로 교수들을 매수해 겨우 낙제 학점을 면하는 것 같았다. 너는 가슴이 방망이질 쳤다.

"뭐야! 너 뻥치는 거지? 인애는 그런 여자가 아니야. 함부로 떠들고 다니지 말라고!"

너는 그놈의 멱살이라도 잡고 싶었다.

"네가 여자를 알아?"

친구가 비웃었다. 여자의 오묘한 속을 다 알고 있다는 듯이. 하기는 그랬다. 너는 여자를 한 번도 경험해 보지 못했다.

"나는 모르지만 누드 촬영장에서 못 봤어? 깨끗하고 성스러운 몸매를 말이야. 인애는 몸매만큼이나 품위를 지킬 줄 아는 도도한 여자야."

"어쭈. 그래? 너는 겉만 보고 속은 못 보는구나. 그 여자가 마지막 포즈에 왜 가랑이 사이를 보여 주며 웃고 있었는지 알아? '나를 정복하고 싶은 놈들은 돈을 싸 들고 오라!' 그런 포즈였다고."

"너 같은 놈이니까 그렇게 보았지. 환하게 웃고 있는 모습이 얼마나 신비했는데. 성기까지도 예술화한 누드의 극치였다고!"

너는 친구를 쥐어박고 싶었다. 인애는 카메라 앞에 선 예술작품이었다. 사람들에게 인간의 향수를 불러일으키게 했다. 서구 르네상스시대 미켈란젤로가 인체의 해부학적 정확성에 기초하여 조각한 작품보다 더 완벽한 작품이었다. 예술작품은 깨끗하고 소중하게 관리되어 훼손되지 않아야 한다. 많은 작품들이 미술관에서 소중하게 보관되고 있지 않은가. 인애도 아름다운 누드로 만인에게 보여 주는 예술작품이라면 몸을 함부로 내돌리지 말아야 한다. 그런 인애를 친구는 깔아뭉개고 훼손했다고 했다. 너는 그럴 리 없다고 생각했다. 형편없는 친구에게까지 뭉개지는 여자라고 믿고 싶지 않았다.

"예술 좋아하네. 너 사진쟁이들뿐만 아니라 강남의 건달들에게까지 떠돌고 있는 소문을 못 들었어? 그 여자 삼십만 원, 흥정만 잘하면 이십만 원에도 얼마든지 살 수 있는 콜걸이야. 거기다 오만 원이나 십만 원쯤 팁을 얹어 주면 온갖 서비스로 남자를 녹여 준다니까."

친구가 계속 떠벌렸다.

"이 새끼 그렇게 뻥치고 다니면 내가 널 죽여 버릴 거야!"

네가 친구의 멱살을 잡아챘다.

"왜? 네 애인이라고?"

친구가 비웃었다.

"그렇다. 이 새끼야!"

네가 친구를 밀어붙였다. 벽에 부딪친 친구가 반사적으로 주먹을 날렸다. 너는 그 자리에 쓰러졌다. 코에서 피가 흘러나왔다.

"애인 관리 잘해라."

친구가 비웃으며 문을 박차고 나갔다.

너는 친구가 했던 말을 머릿속에 떠올리며 인애를 바라본다. 인애는 빵을 오물오물 씹고 있다. 양옆으로 깊어졌다 얕아졌다 하는 볼우물이 예뻐 보인다. 너는 사진에서 보았던 인애의 성기를 떠올린다. 침범할 수 없는 금단의 문처럼 아름다웠었다.

"뭘 좀…… 물어봐도…… 될까?"

너는 커피 잔을 만지작거리며 어렵게 말을 꺼낸다.

"뭔데? 물어봐. 뭐든지."

인애가 선뜻 응해 준다. 너는 어떻게 말할까 생각하다가 묻는다.

"언제부터 성당에 다니기 시작했지?"

"왜? 내가 성당에 다니는 게 이상해?"

인애가 그래서 어쨌다는 거냐는 듯이 대답한다.

"아니, 떠도는 소문이 있어서."

너는 그제야 심중에 있는 질문을 꺼낸다.

"소문? 무슨 소문인데."

인애가 흥미로운 듯이 너를 바라본다. 너는 미소 띠고 있는 인애가 소문대로 그렇지 않기를 바란다.

"네가 몸을 팔고 있다는 소문."

네가 어렵게 말을 꺼낸다. 아무래도 본질에 접근해야 될 것 같다.

"아, 그거. 몸을 파는 게 아니야. 말하자면 예술품을 팔고 있는 거지. 거장들의 미술품도 경매시장에 나돌고 있잖아."

너는 잠시 멈칫한다. 인애의 말이 거침없기 때문이다.

"네 몸이 거장의 미술품이라고? 본질은 더러운 탐욕으로 꽉 차 있는 네 몸이!"

너는 순간, 끓어오르는 감정을 참지 못하고 말을 토해 낸다.

"뭐 이런 자식이 있어? 너도 한 번 나를 갖고 싶어? 그래서 네가 중학교에 다닐 때부터 나를 쫓아다녔구나. 말만 해. 너라면 그냥 줄 수도 있어."

"뭐가 어째!"

네가 자리에서 벌떡 일어난다. 더 이상 듣고 있을 수가 없다.

"뭐야? 호텔로 가자고. 너 호텔에 갈 돈이나 있니?"

인애가 비웃듯이 말하고 밖으로 나간다. 밖에는 어느새 눈이 내리고 있다. 제법 큰 눈송이들이 공간 가득 춤을 추고 있다. 인애가 눈을 맞으며 세워 둔 차가 있는 곳으로 걸어간다. 어서 따라와 타라는 듯이. 너는 앞서 가는 인애를 보자 가슴에서 뜨거운 불기둥이 올라온다. '내가 저 허상을 그토록 사랑했다고!' 너는 인애 뒤로 다가가 목에 팔을 걸고 잡아당긴다. 인애가 '윽!' 하고 발버둥 친다.

"너는 다시 태어나야 돼! 이게 내가 너에게 줄 수 있는 선물이거든."

너는 인애의 귀에 대고 속삭이며 목에 걸고 있는 팔에 더욱 힘을 가한다. 헉헉대던 인애가 밑으로 처진다. 너는 힘을 주었던 팔을 푼다. 인애가 땅에 풀썩 쓰러진다. 너는 깜짝 놀라 인애를 일으킨다. 인애가 주저앉아 깊은 숨을 몰아쉰다. 너는 인애가 신부님의 강론대로 부활하기를 바라며 거리로 나선다.

함박눈이 쏟아지는 거리에 젊은이들이 환호를 지르며 춤을 추듯이 걸어가고 있다. 너는 그들과 함께 눈발 속으로 사라진다.

눈길

•
•
•

하얀 나비들이 날고 있다. 빨강과 노랑, 연보라 꽃들 위로 춤 추듯 날아다니는 나비들의 날갯짓이 가볍다. 꽃에 앉으려다 말 고 날아오르는 나비들이 온 공간을 뒤덮고 있다. 어디선가 아름 다운 음악 소리도 들린다. 흰 눈이 기쁨 되는 나알…… 경호는 노 랫소리에 귀를 기울인다. 흰 눈이 꽃잎처럼 내려와…… 여자아 이들의 합창 소리다. 멀리서 은은하게 들리는 노랫소리가 점점 가까이 다가온다. 경호가 깜짝 놀라 깨어난다. 탁자에 놓인 핸드 폰이 노래를 부르고 있다.

"뭐하는 거야? 일요일 한낮에!"

장우의 걸걸한 목소리다. 이름도 알 수 없는 꽃들은 간데없고 빛바랜 벽지와 천장의 누런 꽃무늬가 보인다.

"기운이네 방문하기로 한 거 잊었는감? 전화도 없고 말여."

"아아, 그랬지? 깜박했다."

"내 곧 그리로 갈 거다."

딸깍하고 전화가 끊긴다. 경호는 벽시계를 본다. 열한 시 삼십 분이다. 아내가 창문의 커튼을 치고 나간 탓일까? 반지하방이 한밤인 것처럼 어두컴컴하다. 그 덕에 잠은 잘 잤다. 그런데 꿈은 또 무슨 꿈인가? 나비는 사랑과 희망을 의미한다고 했다. 사랑은 무슨 사랑? 함께 산 지 삼십 년이 다 되는 아내 하나밖에 모르고 살았다. 희망은……? 사법고시에 최종 면접을 본 일경이의 합격 통보라도 오려는 것일까?

경호는 침대에서 벌떡 일어나 기지개를 켠다. 뿌듯한 기운이 발끝에서 손끝까지 뻗친다. 경호는 가뿐한 마음으로 창문의 커튼을 젖힌다. 눈송이들이 허공 가득 쏟아지고 있다. '아하 눈이로구나!' 창문턱 바로 아래의 땅에도 눈이 하얗게 쌓여 있다. 겨우내 눈 같은 눈 한번 내리지 않더니 이월 초순에야 소담스럽게 눈이 내리고 있다. 공간 가득히 춤을 추듯이 이리저리 맴돌며 땅으로 내려앉고 있는 눈송이들이 꿈속에서 보았던 나비들 같다. 정말로 좋은 소식이 있으려는가?

오랜만에 친구를 만나는 것도 좋은 일일 것이다. 얼마 만인가? 고등학교를 졸업한 지도 삼십 년이 넘었다. 그사이 몇 번 만나기는 했지만 오래전 일이다. 늘 지방에만 있던 기운이다. 얼굴도 잊을 정도다. 이제 기운이도 서울로 올라왔다고 했다. 셋이서 예전처럼 우정의 숲을 가꿀 수 있을 것이다. 그러니 좋은 일이 아니겠는가. 장우도 잔뜩 기대하는 말투였다.

어젯밤의 일도 그리 나쁘지 않았다. 구닥다리 연관식 보일러가 말썽을 일으켰지만 재빠른 수습으로 정상으로 회복했다. 거기다 말썽 많은 보일러 컨트롤시스템까지 최신식으로 바꾸게 되었으니 전화위복이 된 셈이다. 시설과장인 경호가 기회 있을 때마다 건의했던 것이다.

어젯밤 열한 시경이었다. TV를 끄고 막 잠을 자려고 할 때 핸드폰이 요란하게 노래를 불렀다.

"보일러가 난조를 일으켜 객실 온도가 떨어지고 수격작용도 발생하고 있습니다!"

운전주임의 다급한 목소리였다. 경호는 부리나케 작업복에 잠바를 걸치고 집을 나왔다. 아내가 걱정스런 얼굴로 목도리를 둘러 주었다. 밖이 몹시 춥다고 했다. 이십 분을 정신없이 달려가 보니 호텔 굴뚝에서는 검은 연기가 뭉클뭉클 치솟고 있었다. 주차장에 차를 대고 부지런히 지하 보일러실로 내려가 보니 보일러 3대 중 제대로 돌아가는 것이 하나도 없었다. 작은 용량의 비상보일러만 안정적으로 불꽃을 피우고 있었다.

A보일러는 압력이 영에서 이십 기압까지 오르락내리락했다. 수격작용도 일어나고 있었다. B보일러와 예비보일러인 C보일러도 불이 붙었다 꺼졌다 하기를 반복했다. 상황을 보니 자동조절시스템이 문제였다. 경호는 낮 근무를 마치고 나간 A조 운전주임에게 전화를 걸어 사람들을 급히 나오도록 하고, 이리저리 뛰고 있는 B조 운전주임에게 세대의 보일러를 모두 끄라고 지시

했다. 그리고 A보일러부터 충분히 퍼지(불완전 연소가스를 썻어 냄)를 한 다음 수동 조작으로 차근차근 살려 나갔다.

그런 와중에 객실 온도는 급격히 떨어졌고 지배인은 물론 사주까지 출동했다. 손님들이 프런트까지 나와 항의했기 때문이었다. 옛날에 지어진 호텔이어서 구식 보일러가 가끔씩 말썽을 부리곤 했다. 전에는 그런대로 수습이 잘되었었는데 이번에는 심한 편이었다. 사태는 두 시간 만에 수습되었고 뒤이어 열린 대책 회의에서 문제의 공기식 자동조절장치를 전자식으로 교체하기로 결정했다. 공기식 조절장치는 신호가 느리고 정확하지 못해 보일러 운전원이 애를 먹고 가끔씩 연돌로 검은 연기를 내보내 환경 문제를 일으키기도 했다.

"나도 깜박 잠이 들었던 모양이네."

아내가 안방 문을 열고 나온다.

"왜 더 자지 않고?"

경호는 아내가 측은해 보인다. 갑자기 불려 나간 남편을 기다리느라 뜬눈으로 밤을 새웠을지도 모른다. 가끔씩 경호가 불려 나갈 때마다 그랬다. 경호가 '집에 있는 사람은 잠을 자야지.' 해도 '집안의 기둥이 나갔는데 어떻게 잠을 자요. 언제 들어올지도 모르고.' 하며 웃곤 했었다. 그러면서 경호에게 꿀물을 타 준다, 라면을 끓여 준다 하며 이것저것 뒷바라지해 준 후에 경호와 함께 자거나, 아침이 가까운 시각이면 이내 식구들 식사 준비를 하곤 했다. 오늘도 아침 준비에 한잠도 자지 못했을 것이다.

경호는 그런 아내가 늘 고마웠다. 살아오면서 동생들 학비와 시골집의 크고 작은 일에 돈 대 주느라 고생만 시킨 아내다. 젊었을 때는 식당 일로, 파출부 일로 돈을 보탰고 그도 안 되면 봉제품을 받아다 집에서 작업을 했었다. 그래서 아이들 셋을 대학까지 공부시켰고 반지하나마 28평짜리 집도 마련했다. 경호의 박봉으로는 어림도 없는 일이었다.

"숙경이는?"

"마트에 아르바이트한다고 나갔어요. 아침 먹고."

경호는 일경이와 이경이는……? 하려다 그만둔다. 큰길가에 지어지고 있는 빌딩 공사장에 나갔을 것이다. 건설 중인 빌딩의 전기공사를 장우가 따냈고 그 연줄로 틈만 나면 공사장에 나가 돈을 벌고 있다.

"전화가 온 것 같던데…… 누구 전화지요?"

주방에서 미루어 놓은 설거지를 하던 아내가 생각난 듯 묻는다.

"장우 전화야. 오늘 성기운 부사장 집에 가기로 했거든."

"아 참 그랬지요? 나도 같이 가 봤으면. 그 사모님도 한번 뵙고 싶고. 너무 오랜만인데."

아내가 뒤돌아서서 반색한다. 경호가 서울로 직장을 옮겨 올라왔을 때는 세 집 식구가 가끔 만나기도 했었다.

"지경호! 인마, 문 열어."

현관문이 쿵쿵거린다. 덜렁대는 장우가 온 모양이다. 장우는 차임벨이 있는데도 언제나 문을 두드리며 경호를 불러 댔다. 서울에 오래 살았으면서도 시골티를 벗어던지지 못하는 장우다.

"뭐 하는 거여? 대낮에, 여태 그렇게 쏟아질 깨가 남아 있는감?"

급히 문을 따 준 경호 아내의 부스스한 얼굴을 본 모양이다. 장우가 어깨에 올라앉은 눈을 털고 거실로 올라서며 호들갑을 떤다. 언제나 자기 집처럼 드나드는 장우다. 요즈음엔 공사 현장이 가까우니 더욱 자주 온다.

"위대하신 부사장님 집을 방문할 건데 잠바 차림이 뭐야. 촌스럽게. 너 그러다 사모님한테 퇴박맞는다."

경호가 장우를 보고 한마디 한다. 떡 벌어진 어깨에 가죽 잠바를 걸치고 있으니 주먹 세계의 왕초 같아 보이는 장우다.

"야 인마! 우리는 피로 맺은 친구여. 너 지금 그것을 잊어뿌린 거 아녀?"

장우도 큰소리친다. 비록 오래 떨어져 있었지만 삼십여 년의 우정은 변하지 않았다는 것이다. 기운도 그렇게 생각하고 있을 것이다. 그러니 형제 같은 친구에게 격식이 필요하겠는가. 경호 아내가 웃는다. 장우는 잠바를 벗어 소파의 팔 거리에 걸치고 털썩 주저앉는다.

고등학교 때부터 소문난 셋이었다. 학교 아이들도 휘어잡았다. 작은 읍의 규모만큼이나 사람들의 마음이 소박한 때였다. 경호는 언제나 반장이었고 삼 학년이 되면서 장우는 규율부장이 되었고 기운은 학생회장이 되었다. 학교의 역사는 깊지만 워낙 도시가 발전하지 못하다 보니 언제나 하나밖에 없는 남자고등학교였다.

"일경이와 이경이는 잘하고 있나요?"

경호 아내가 쟁반에 커피 잔을 받쳐 들고 와서 묻는다.

"예, 잘하고 있지유. 누구 아들인디유."

장우가 넉살 좋게 말한다.

"그놈들이 제 엄마를 닮아서 그런지 부지런하고 눈치 빠르게 일을 잘한대유. 공부만 파는 샌님들인 줄 알았는데 공사판에서도 인기가 좋더라니께유."

"뭘요. 다 주 사장님 덕분이지요."

경호 아내도 스스럼없이 받는다. 남편에게 친형 같은 친구이기 때문이다. 형제처럼 오가는 덕에 낯선 서울에 올라와서도 외롭지 않았다.

"소현 엄마는 요새 뭘 하고 지내요? 전화 통화도 잘 안 되던데……."

경호 아내가 다시 묻는다.

"모르겠슈. 아파트 반장인가 부녀회장인가 하는 모양인디…… 고 삼도 있고, 집안일도 바쁜디. 뭘라고 그런 걸 맡아서 하는지 원."

"아유. 좋은 일 하네요. 저는 그런 것 하고 싶어도 앞자락이 좁아서요."

"여자는 그저 아이들 잘 키우고 집안 살림 잘하는 게 최고지유. 나가서 설치면 뭘한데유."

"전 그래도 소현이 엄마가 부러워요."

"말이야 바른 말로 이 집이 부럽지유. 아이들 잘 키웠겠다, 이렇게 부부간에 깨가 쏟아지겠다. 안 그려? 지경호!"

"그러니까 너도 술만 먹지 말고 가정에 충실하라구."

"야 인마. 내가 너처럼 직장이나 왔다 갔다 하는 샌님인 줄 아냐?"

둘이 말을 주고받는 사이에 경호 아내가 점심 준비를 해야겠다며 주방으로 간다. 그러자 장우가 점심은 무슨 점심을, 부잣집에 가서 잘 얻어먹을 건데 하고 말린다. 경호도 그게 좋겠다며 화장실로 간다. 시간은 벌써 열두 시를 지나고 있다.

밖은 햇빛이 밝다. 얼굴에 와 닿는 공기가 쌀쌀하지만 바람이 없어 그런지 춥다는 느낌이 들지 않는다. 공터에 내려앉은 눈이 정오의 햇살을 받아 더욱 하얗게 빛나고 있다. 눈은 조금 전에 그친 듯 긴 골목엔 자동차 바퀴 자국이 남아 있다. 공터 옆으로 벚나무의 잔가지에 내려앉은 눈이 꽃처럼 피어 있고 주택 담장에도 하얗게 두른 눈의 띠가 소담하다.

"그날도 이렇게 눈이 왔었지?"

경호가 뽀드득거리는 눈을 밟으며 옆에 걷고 있는 장우를 본다. 그러자 장우가 갑자기 생각난 듯 묻는다.

"너 그거 아직도 가지고 있는 겨?"

"그게 뭔데?"

"야! 인마. 우리가 헤어질 때 썼던⋯⋯."

"아! 그거? 그럼, 그게 어떤 건데. 우리 마누라가 더 소중하게 간직해 두었을걸."

"우리가 그걸 쓸 때는 눈이 이보다 더 많이 왔었다."

장우가 추억에 젖은 듯이 목소리를 높인다. 경호도 그날을 생생하게 기억하고 있다. 고등학교를 졸업하던 날이었다. 졸업식을 마치고 나오자 잿빛으로 흐려 있던 하늘에서 눈송이들이 쏟아지고 있었다. 학교 강당에서 몰려나온 졸업생들은 '야, 눈이다!' 하고 너도나도 환호했다. 그러자 눈송이는 환호에 답이라도 하듯 허공을 더욱 하얗게 메꾸었다. 학부모들도 이제 더 넓은 세상으로 나가는 졸업생들을 하늘이 축복해 준다고 좋아했다.

장우와 기운과 경호도 눈을 맞으며 교문을 나섰다. 학교에서 소문이 난 삼총사였지만 이제는 갈라져야 했다. 기운과 장우는 서울에 있는 대학에 합격한 상태였고, 경호만 변화를 모르는 작은 읍에 남게 되었다. 선생님도 친구들도 경호에게 대학에 진학하라고 권유했었다. 장우와 기운도 잡아끌었다. 함께 가자고. 특히나 장우가 안타까워했다. 나 같은 놈도 대학을 가는데 네가 왜 못 가냐고. 서울에 가서 아르바이트를 해서라도 공부를 더 하자고.

그러나 경호는 줄줄이 달려 있는 동생들을 위해 자신을 희생하기로 마음먹고 있었다. 부쳐 먹을 농토래야 논 다섯 마지기에 밭 이백 평이 전부였다. 농사일 외에 아무것도 모르는 아버지와 어머니 밑에 있는 동생들이 불쌍했다. 살기 힘든 세상을 헤쳐 나가려면 적어도 고등학교는 나와야 된다는 것이 경호의 생각이었다. 그래서 읍내에 있는 새마을금고에 들어가기로 했다.

장우는 형편이 경호와 비슷했지만 여건이 달랐다. 걸릴 것 하나 없는 혼자 몸이었다. 장우는 고학을 해서라도 대학엘 가겠다고 서울로 올라갔다. 형편이 제일 좋은 쪽은 기운이었다. 읍내 중앙시장에서 옷 장사를 크게 하는 기운이 집은 부자였다. 거기다 기운은 성적도 그런대로 좋았다. 부모의 지원도 대단했다. 삼학년 내내 읍내에서 소문난 가정교사 밑에서 공부했다.

그래도 공부로 치자면 경호가 제일 잘했다. 반에서뿐만 아니라 학년에서 늘 일이 등을 했다. 기운은 반에서 이삼 등 수준이고 장우는 십 등에서 십오 등 사이였다. 셋은 옆자리에 앉으면서 자연스럽게 친해졌고 뚝심이 좋은 장우가 주동이 되어 삼총사가 되었다. 삼총사는 막강한 존재였다. 공부도 그렇지만 학생회를 잡고 있기 때문이었다. 거기다 장우의 주먹도 한몫했다. 장우의 배짱과 싸움 실력은 누구도 당해 내지 못했다.

"우리 눈을 맞으며 걸어 보자. 눈길을 따라 희망의 나라로 말이야. 얼마나 멋지냐. 앞으로 우리들이 갈 세상 말이여. 안 그래? 지경호!"

교문을 나서며 장우가 말했다.

"그거 좋지!"

기운도 호응했다.

"경호야! 사람의 앞날은 알 수 없는 거. 힘내, 인마."

장우가 경호에게 어깨동무를 했다.

"그래, 맞아! 우린 또다시 만날 수 있지."

기운도 경호의 팔짱을 끼었다. 고향에 남아야 할 경호에게 우정의 힘을 잔뜩 담아 주려는 것이었다.

교문 앞을 지나가는 이차선 도로에는 양쪽으로 자작나무들이 울창한 온통 눈의 세상이었다. 곧게 뻗은 도로 저만치 희망의 나라가 있을 것 같았다.

"야! 저기. 저 멀리 우리들의 세상이 보이잖여?"

장우가 손을 들어 멀리를 가리켰다. 손가락 끝이 가리키는 저 멀리 눈 내리는 속이 끝이 없어 보였다.

"그래, 맞아! 우리 그곳까지 가 보자!"

기운이 소리쳤다. 경호도 둘의 기세에 이끌려 가슴이 뛰었다. 비록 후진 고향에 남게 되었지만 열심히 살아가면 저 멀리 보이는 희망의 나라에 들어갈 수 있을 것 같았다. 셋은 하얗게 쏟아지는 눈발 속을 걷고 또 걸었다. 하얀 눈송이들이 가슴으로 들어와 희망이 될 때까지. 그리고 숲속의 작은 카페에 들어가 하얀 유리잔에 담긴 투명한 보드카 한 잔씩을 앞에 놓았다. 장우가 선택한 술이었다. 가장 독한 술에 셋의 우정을 절여 평생 변하지 않게 하자는 것이었다.

그리고 시내 중국집 만리장성이었다. 작은 방이 호젓했다. 탕수육에 배갈 한 병을 시켰다. 장우가 경호에게 위로의 술을 따랐다. 경호는 기운에게 우리나라 최고의 대학에 합격한 것을 축하하는 술을 따랐다. 읍내에서 그 대학에 간 사람은 선배 한 사람과 기운이뿐이었다. 장우는 작은어머니 손에서 떠나는 것을 자축했다. 어려서부터 매를 맞으며 컸다고 술에 취해 울분을 토했다. 그렇게 셋은 엉망으로 취했다.

술값은 기운이 처리했다. 밖은 벌써 어둠이 찾아오고 눈은 계속 내리고 있었다. 중국집을 나와 발길이 닿은 곳은 읍사무소 마당이었다. 몇 백 년을 묵었는지 모르는 느티나무들이 눈을 하얗게 덮어쓰고 있었다. 마당에는 푹신한 눈이 이불처럼 깔려 있었다.

"야! 느이들 서울 간다고 날 괄세 마라. 이래 봬두 고향을 지키는 몸이라 이 말이여!"

경호가 눈 이불에 덜렁 누워 혀 꼬부라진 소리를 했다. 난생처음 마신 술이었다. 가슴이 뜨거웠다.

"야! 무슨 소리를…… 우리는 영원한 친구야!"

기운도 혀 꼬부라지긴 마찬가지였다.

"그럼, 그렇구말구. 우리가 누구여? 학교를 주름잡던 삼총사 아녀? 그렇께 그 마음, 그 의기 영원히 변치 않는 겨!"

장우도 맞장구쳤다. 셋은 그렇게 눈 위에 누워 하늘을 보았다.

눈은 어느새 그치고 하늘에 별들이 반짝였다. 수많은 별들이 속삭이는 밤의 정적이 좋았다.

"그래, 좋다. 우리의 우정을 약속하는 혈서를 쓰자!"

장우가 생각지도 못한 제의를 했다. 검은 하늘에서 별이라도 쏟아지는 듯한 말이었다.

"그거 좋다! 우리의 변함없는 우정의 징표로 말이야."

벌렁 누워 있던 기운도 소리쳤다. 온 세상을 다 가진 기분이었다. 경호는 두 친구의 마음이 너무나 고마웠다. 뒤처진 자신을 위해서 하는 말 같기 때문이었다. 그리고 찾아간 곳이 기운의 방이었다.

"여기 면도날이 있지."

기운이 책상 서랍에서 연필 깎기용 면도날을 꺼내 왔다. 셋은 술김에 아픈 줄도 모르고 손가락을 그어 한 획씩 '一心'이라는 한 자어를 세 번 썼다. 그리고 나이가 한 살 많은 장우가 맏형이 되고 기운과 경호는 태어난 달에 따라 경호가 막내가 되었다.

골목을 나오자 4차선 도로에 차들이 바쁘게 오가고 있다. 도로에 내려앉은 눈은 자동차 바퀴에 시커먼 가루가 되어 가고 있고, 보도에도 사람들의 발자국이 어지럽게 찍혀 있다. 도로 건너에 백화점식 A-마트가 거대한 모습을 드러낸 채 내부 공사를 하고 있다. 그 뒤로 고층 아파트들이 이어져 있다. 경호가 살고 있는 연립주택과 소형 아파트 그리고 단독주택들이 난립해 있는 곳도 곧 재개발이 시작된다고 했다.

"장우 너 사업 잘돼 가지?"

눈길을 따라 지하철역으로 향하면서 경호가 묻는다.

"그냥 그래. 중소기업체야 뻔하지."

장우가 심드렁하게 대답한다.

"벌써 십 년이 넘었잖아?"

"그렇지. 십 년하고 하고도 반이다. 참 세월이 빠르지. 회사를 차리고 일거리를 따내려고 동분서주하던 것이 어제 같았는데."

"네가 결단을 내리기 잘했지. 그때 네가 다니던 건설회사는 지금 세상에 없잖아?"

"그렇지만 그때는 순전히 똥배짱이었지. 돈도 없이 말이여. 마누라가 얼마나 말렸다구."

"사무실 오픈 식을 멋지게 했었지. 지방에 있는 기운이까지 올라와서."

"기운이 그놈은 서울에 출장 중이었잖여. 그보다 너의 서울 입주식이 더 요란했다. 알겠냐?"

"다 너희들 덕이다."

경호는 다시금 고마움을 느낀다. 기운과 장우가 없었다면 어림도 없는 일이었다. 화학공학을 전공한 기운이 대학을 졸업하고 우리나라 굴지의 기업에 취직해 있었고, 고학을 하느라 일 년이 늦어진 장우가 중견 건설 업체에 취직했을 때였다. 둘은 가끔 만나 술자리를 같이했고 그때마다 시골에 처져 있는 경호 이야기를 했다고 했다. 그리고 찾아낸 것이 '에덴 호텔'이었다는 것이다. 광장동 워커힐 근처 한강변에 있는 구식 호텔이었다. 호텔 주인이 기운의 고모부였다. 경호는 호텔 경험도 없고 해서 마땅한 자리를 찾기 어려웠지만 기운이 고모부에게 매달려 시설과 보일러공이 되었다.

장우와 경호가 찾아간 기운이네 아파트 단지는 초고층이다. 지하철역에서 나와 아파트 단지로 들어선 경호는 현기증을 느꼈다. 밤잠을 자지 못한 탓일까? 위를 올려다보자 높이를 알 수 없는 아파트들이 빙글빙글 도는 것 같다. 장우가 앞장서 찾아간 아파트도 까마득한 높이다.

"성기운 대단하구먼, 대단해."

사십오 층까지 단숨에 올라간 장우가 중얼거린다. 경호도 처음 올라와 보는 높이다. 엘리베이터에서 내려 2호를 찾아 벨을 누른 장우가 문을 열고 나오는 기운을 끌어안는다. 경호는 장우 뒤에서 자신이 한없이 왜소해지는 것을 느낀다.

"야! 반갑다, 반가워. 이게 얼마만이야?"

반백의 기운이 뒤에 있는 경호까지 끌어안으며 반가워한다. 경호는 기운에게 안기면서도 어색하다. 상류사회의 품위가 배어 있는 기운이다. 아파트도 반지하 연립주택에 비하면 궁전이다. 거실만 해도 이십 평이 넘어 보인다. 넓은 통유리 밖 베란다에는 정원처럼 잘 꾸며진 곳에 각종 나무들이 멋지게 심어져 있고, 겨울인데도 가지각색의 꽃들이 피어 있다. 거실 벽면에는 극장의 화면만 한 TV가 걸려 있다. 소파도 호화롭고 집안 곳곳에 놓여 있는 장식품들도 외국에서 사 온 것인 듯 진귀하게 보인다. 방도 구석구석에 몇 개가 있는지 모를 지경이다.

"그런데 이 넓은 집이 왜 이렇게 허전한 겨. 안주인은 어디 갔는감?"

베란다 가까이에 있는 티 테이블에 앉아 집 안을 둘러보고 있던 장우가 이상하다는 듯이 묻는다. 그러나 저만큼 떨어져 있는 주방에서 무엇인가를 준비하고 있는 기운은 대답이 없다.

"아주머니는 어디 가신 겨?"

장우가 큰 소리로 다시 묻는다. 그제야 기운이 알아듣고 '으응 잠시' 하며 얼버무린다. 경호도 조금 이상하다는 생각이 든다. 집 안은 훈훈하지만 어쩐지 외롭고 허전한 느낌이 든다.

"우리끼리 한잔하지, 뭐. 술은 집에 있고, 안주는 전화만 하면 금방 오니까."

커피 잔을 쟁반에 받쳐 온 기운이 딴말을 한다.

"그래도 그렇지. 제수씨를 보고 싶었는디. 마음이 변하신 거 아녀?"

장우가 섭섭하다는 듯 말한다.

"야! 변하긴…… 사람의 성격이 변하는 거 봤어?"

기운이 목소리를 높인다. 처음에는 끌어안고 어쩌고, 호들갑을 떠느라 몰랐는데 마주 앉고 보니 얼굴에 피로감이 배어 있는 것 같다.

"자, 우리 오랜만에 만났으니 술판이나 벌이자."

기운이 분위기를 바꾸려는 듯 선수를 친다.

"안주인이 없는 집에서 그래도 될까?"

경호가 걱정스럽다는 듯이 묻는다.

"아니야, 걱정할 것 없어. 마누라는 오늘 안 올 거니까."

기운이 단정적으로 말하고 중화요리 집에 전화를 걸어 요리 몇 가지를 시킨다. 경호가 거실 밖 정원을 바라본다. 꽃들이 참으로 아름답다. 붉고 노랗게 피어 있는 시크라멘은 알겠는데 그 외의 꽃들은 이름도 알 수 없다. 꿈에서 보았던 꽃들 같기도 하다.

잠시 후 테이블에 하얀 종이가 깔리고 배달된 음식들이 차려진다. 술은 양주 한 병이다. 이십일 년산 스코틀랜드 스카치 블루다.

"술도 정력이다 이거지? 그래, 좋다."

장우가 술병을 따고 기운에게 따른다.

"우리의 변치 않은 우정을 위하여!"

기운이 고등학교 때 했던 제창을 하고 '건배' 하며 세 개의 잔이 부딪친다. 참으로 오랜만에 마주 앉은 자리다. 사람의 겉모습이 변한 만큼 마음도 변했을 나이다. 살아온 길도 서로가 다르다. 하지만 혈기왕성하고 꿈 많던 시절의 우정이 되살아나기 때문일까, 옛날 그대로 아무도 변하지 않은 것 같다. 술이 한 잔 두 잔

들어갈수록 옛날이 새롭게 다가온다. 기운이 특히 감회에 잠긴다. 지방 생활을 마치고 서울로 올라왔지만 삶은 여전히 막막하고 쓸쓸했다.

"경호네 일경이가 사법고시에 이차까지 합격했잖여. 기운이 너 모르고 있었지?"

거나해진 장우가 자랑이라도 하듯 말한다.

"그래! 경호 큰애가 고시에 패스했다고?"

기운은 금시초문이다.

"아니, 아직 면접이 남아 있어."

경호가 아직 알 수 없다는 듯이 말한다.

"야! 너 시방 그걸 말이라고 하는 겨. 틀림없는 것을 가지고. 나도 네 아들놈 덕 좀 보자."

장우가 벌건 얼굴로 소리친다. 스카치 블루 세 잔에 취기가 한껏 올라 있다. 경호도 술에 취하기 시작한다. 서울에 불러올렸을 때는 삶에 찌들어 언제나 초췌했었다. 대학도 못 간 채 많은 동생들에게 부모 역할을 해야 했던 어려운 날들이었다. 아내의 도움 없이는 불가능했을 것이다.

"그랬었구나. 나만 몰랐네. 연락 좀 하지."

기운은 경호가 다시 보인다.

"이경이는 의대에 다니고."

장우가 경호 둘째 아들까지 자랑한다. 기운은 경호가 부럽다. 준기와 준호가 그렇게 될 줄 알았었다. 하지만 기대와는 달리 큰

놈 준기는 중학교에 들어가면서 아이들에게 매 맞고 다니더니 고등학교에서는 쌈질이나 하고 다녔다. 대학도 2년제 전문학교에 들어가더니 미국으로 공부를 한다고 떠났다. 작은 놈 준호도 중학에 들어가면서부터 트럼펫을 사 달라고 조르더니 지방의 이름도 모르는 음대에 겨우 들어갔다.

"너 어쩐지 힘이 없어 보인다. 무슨 일 있는 겨? 아주머니도 안 계시고……."

장우가 술잔을 들다 말고 멀건이 창밖을 보고 있는 기운에게 묻는다.

"아! 그냥. 사는 게 힘들어서."

기운이 얼결에 대답한다.

"너 같은 처지에 뭐가 힘들어? 많이 배웠고, 부유하고, 아주머니 예쁘고. 사람들이 다 부러워하는데."

장우가 받아친다.

"그런데…… 그것도 다 남들이 보는 눈이야. 겉으로 멀쩡해도 속으로 금 간 부부들이 얼마나 많은데."

기운이 자신도 모르게 속을 털어놓는다. 술에 취했기 때문일까? 아니면 형제 같은 옛 친구를 만났기 때문일까? 기운은 가슴속에 꼭꼭 가두어 두었던 말들을 토해 내고 싶다. 누구에게도 털어놓지 못했던 말이다.

"나는 네가 좋은 집안에 장가간 것을 부러워했었는데…… 뭐가 문제가 있다는 말이야?"

경호도 무슨 말인지 알 수가 없다. 기운을 늘 부러워했었다.

"니들이 뭘 안다고…… 너희들은 겉모양만 본 거야. 그것도 오래전의 모습 말이야. 너희는 몰라."

기운이 회한에 물든 목소리로 말한다. 행복한 가정을 이루며 살아온 두 사람을 보니, 살아온 날들이 더욱 외롭고 쓸쓸하게 느껴진다.

"너희는 잉꼬부부였잖아. 아주머니도 날씬하고 상냥하고 예쁘시고 재치도 있으시고……."

"야, 너희들 그만 좀 해!"

기운이 소리를 지른다. 둘이 기운을 멀건이 바라본다. 밖에는 눈발이 푸짐하게 쏟아지고 있다. 기운이 미안한 듯 창밖의 눈발을 바라본다.

결혼 초기에는 애정의 표현이 달라서 그런 줄 알았다. 대학 은사님의 딸이었다. 데이트할 때는 상냥하고 애교가 있었다. 무엇이든 하자는 대로 잘 따라 주었다. 결혼하고 나서 달라지기 시작했다. 와이셔츠와 넥타이 색깔을 고르고 팬츠 색깔까지 골라 주었다. 애정의 표시인 줄 알았다. 퇴근 시간을 정하고 퇴근 후에는 온몸을 깨끗이 씻어야 했고 아내의 스케줄에 따라 움직여야 했다. 백화점에 함께 가야 했고, 영화를 함께 보아야 했고, 외식을 함께해야 했다.

"우리 효숙이는 무남독녀 외딸로 자라서 버릇이 좀 없지만 착

하고 붙임성이 있고 상냥하기도 하니 잘 맞추어 살아요."

신혼여행을 갔다 와서 처가에 갔을 때 장모가 했던 말이었다. 서로 재미있게 살라는 말인 줄 알았다.

아내와 정면으로 부딪친 것은 결혼하고 2년이 지나 공장이 있는 지방으로 내려가고부터였다. 효숙은 한 달도 지나지 않아 서울로 올라가자고 했다. 문화 시설도 친구도 없는 삭막한 곳이 싫다는 것이었다. 구릉과 습지에 논밭이 널려 있고, 외곽으로 공장들이 들어서 있는 도시였다. 그러나 기운은 외국 현지까지 가서 공장을 베껴 오다시피 한 기술자였다. 한국에서 처음 지어지는 화학공장이었다. 공장은 이런저런 일로 공기가 늦어지고 여러 가지로 말썽을 일으켰다. 기운이 조정하고 해결해야 했다.

그런 중에도 기운은 밤마다 효숙과 입씨름을 했다. 효숙은 서울에 화실도 내고 미술계 사람들도 만나야 된다고 했다. 그만한 학벌에 왜 서울에 눌러 붙어 있지 못했느냐고, 사람이 융통성이 없으니 지방으로 쫓겨 오지 않았느냐고, 공격했다.

"사람이 꽉 막혔어. 그 숲에 그 나물이라고 시골구석에서 졸때기 장사나 하는 집에서 뭘 보고 컸겠어."

막말이 튀어나오기도 했다.

"네가 한 게 뭐 있는데! 나태하기만 한 것이, 외식이나 일삼고, 아이들 뒷바라지도 제대로 못하는 주제에 꽃방석에 앉혀 달라고?"

기운도 안 할 말이 튀어나왔다.

"밴댕이 속에 그래도 지가 최고라고, 야! 네가 언제 한번 꽃방석에 앉혀 보기나 했냐?"

욕설은 서로에게 화살이 되고 맞은 자리는 아물지 않았다. 효숙은 서울에 자주 오르내리더니 잠자리마저 따로 했다. 그러더니 급기야 아이들을 데리고 서울로 올라갔다. 큰아이가 유치원에 들어갈 무렵이었다.

"야, 성기운! 무슨 일이 있었는지 모르지만, 자. 마셔. 마시고, 아주머니와 화해해. 너에게도 잘못이 있어, 인마."

장우가 기운에게 술잔을 건넨다. 기운이라면 집히는 데가 있다. 작은아버지의 닭튀김 가게 맞은편에서 비켜선 곳에 기운이네 옷 상점인 '창성상회'가 있었다. 읍내 시장터에서 제일 큰 상점이었다. 기운은 어려서부터 부모에게 촉망받는 장남이었고 초등학교 저학년 때는 담임 선생님까지 귀공자 대우를 했다. 장우는 작은어머니에게 매를 맞고 쫓겨날 때는 기운이 볼까 창성상회부터 보았다. 그래서 장우는 기운에게 괜히 시비를 걸어 때리기도 했었다. 초등학교 때의 일이었다.

"너, 그거 말이라고 해? 남의 집 부부 사이는 아무도 모르는 거야."

기운이 쏘아붙인다. 섭섭하고 난감하다. 오랜만에 만난 삼총사의 술자리에서 왜 자신의 부부 이야기가 나왔는지 모를 일이다.

"모르긴 뭘 몰라. 나도 살고 보니 부부는 남남이더라. 서로를 인정하고 이해하고 존중해 주어야 한다는 이야기여. 너는 좋은 대학을 나왔으면서 그것도 모르냐?"

장우가 한마디 더한다. 분위기가 이상해진다.

"야아! 눈이다, 눈. 저것 좀 봐라."

경호가 분위기를 바꾸려는 듯이 한마디 한다. 통유리 너머 공간을 목화송이처럼 크고 탐스러운 눈송이들이 가득 메우고 있다.

"우리가 헤어질 때도 이렇게 눈이 내렸지?"

경호가 다시 덧붙인다.

"야! 우리가 헤어지던 날이 아니고 피로 맺어지던 날이여. 너는 그것을 이자뿌렸냐?"

장우가 호들갑스럽게 떠벌린다. 기운도 생각이 새로워진다. 눈 속인지 술 속인지 알 수 없다.

"그래, 바로 그거야. 눈길! 우리 눈길을 걸어 볼까?"

경호가 좋은 생각이 났다는 듯이 둘을 번갈아 본다.

"뭐야. 눈길? 아아! 그렇지. 우리들을 연결해 준 눈길이다, 이거지. 너는 언제나 뚱딴지같은 말만 한다니까."

장우가 기운을 바라보며 맞장구친다. 기운에게 동의를 구하는 눈빛이다.

"눈길이라……?"

기운에게는 까마득하게 잊은 눈길이다. 남쪽 지방에는 눈도 잘 오지 않았다. 머릿속에는 자갈밭 길을 걸어온 생각만 가득하다.

"그래, 우리 눈길을 따라 걷는 거야. 그때 그 카페가 나올 때까지."

경호가 벌떡 일어난다. 두 사람도 따라 일어난다.

밖은 눈 천지다. 가로등만이 어둠을 밝히고 있는 높은 빌딩들 사이로 눈송이들이 하얗게 춤을 추고 있다. 자동차 한두 대가 지나가고 있는 도로도 사람 하나 지나다니지 않는 인도도 하얗게 눈으로 덮여 있다. 사람이 살아가는 길도 눈 덮인 깊이만큼 숨어 있다는 듯이.

셋은 눈이 쌓이는 길을 따라 한없이 걷는다.